Vincent Delecroix

La chaussure
sur le toit

Gallimard

Vincent Delecroix, né en 1969, vit et enseigne la philosophie à Paris. Son précédent roman, *Ce qui est perdu*, a paru en 2006. *À la porte*, publié en 2004, a été adapté pour le théâtre et interprété par Michel Aumont.

Pour Frédérique et Julius

1

La vérité sort-elle de la bouche des enfants ?

J'ai un doute, tout de même. Il faut que je raconte ça rapidement (après quoi, je retourne me coucher).

Tout à l'heure, vers trois heures du matin, j'étais profondément endormi. Enfin, peut-être pas si profondément, parce que j'étais en train de faire un rêve, quelque chose de pas très agréable, qui avait rapport avec mon patron, une vente que j'avais ratée, une grosse commande, le client était le voisin du dessous, celui qui se passionne pour les insectes, j'avais égaré des papiers, je ne sais plus très bien, je cherchais, je cherchais, je tombais sur des tas de papiers qui n'avaient rien à voir — et lui qui me harcelait. (Mais ça, ce n'est pas un rêve : même dans la réalité, il me harcèle.) Toujours est-il que j'étais endormi, quand, au milieu de mes papiers, j'ai entendu un appel qui m'a réveillé. Papa, papa. C'était la petite. Je me suis dit : elle a encore dû faire un cauchemar (pas du même genre que le mien, je suppose, mais avec une sorte de monstre à peu près équivalent dedans), elle va se rendormir. Elle fait beaucoup de cauchemars, en ce moment, on ne sait pas pourquoi. J'ai attendu un moment, mais elle continuait à appeler. L'idée de devoir me lever en pleine nuit ne m'enchantait pas trop. Je me suis tourné vers Catherine, un peu par lâcheté, il faut bien l'avouer, mais elle dormait profondément — et puis c'est moi que la petite appelait. De toute façon, j'étais réveillé. Alors je suis sorti du lit, j'ai enfilé mon peignoir, et je suis allé la trouver dans sa chambre, tout en me disant : demain, je me lève à six heures pour le boulot, il faudrait que je dorme.

Quand je me suis approché, elle m'a entendu. Avec ce parquet, impossible de remuer un doigt de pied sans réveiller tout l'immeuble — c'est pour ça que le type du dessus, avec son chien, il commence à m'agacer sérieusement : il a le même parquet que nous et on entend sans arrêt les griffes du chien qui frottent, ça m'énerve.

Je suis entré discrètement, pour ne pas réveiller son frère, et j'ai vu qu'elle était debout, dans son pyjama, contre la fenêtre. Je lui ai chuchoté en bâillant : qu'est-ce qu'il y a, ma puce ? Qu'est-ce que tu fais ? Il faut vite te remettre au lit, tu as école demain (et papa a du boulot, avec un chef pas commode). Mais elle ne bougeait pas. Je la voyais dans le clair-obscur de la fenêtre (on ne tire pas les rideaux, elle a peur du noir complet — c'est compréhensible à son âge). Je me suis approché sur la pointe des pieds : tu as encore fait un cauchemar ? Elle a fait non de la tête, sans bouger. Qu'est-ce qu'il y a, alors ? Tu sais, il faut que papa se repose, il a une grosse journée demain (une journée comme d'habitude, quoi). Mais elle ne bougeait toujours pas.

Je suis arrivé jusqu'à elle en manquant de trébucher sur le cartable et je me suis accroupi à sa hauteur. On entendait la respiration régulière de son frère. Heureusement, lui, quand il dort, on pourrait jouer du cornet à pistons, il ne remuerait pas une paupière. Le matin, c'est toujours la croix pour le faire se lever. Elle, c'est le contraire et je ne sais pas ce qu'elle fricote toute seule, la nuit, une vraie petite souris.

Qu'est-ce qu'il y a, ma chérie ? Elle hésitait à parler. Je me suis dit : en fait, elle est devenue carrément somnambule. J'ai voulu la prendre dans mes bras, mais elle s'est écartée légèrement. Qu'est-ce qu'il y a, ma puce ? ai-je répété (en bâillant), tu ne veux pas me dire ? Dans la clarté incertaine de la nuit, je voyais qu'elle me regardait. Silence. Je me suis redressé. Bon, s'il n'y a rien, il faut que tu te remettes tout de suite au lit. Tu seras très fatiguée, demain. Allez viens, papa te remet au lit. Elle a eu un léger mouvement de recul, elle a murmuré : papa ? Oui, ma chérie. Je voyais bien qu'elle voulait me dire quelque chose, mais qu'elle n'osait pas.

Papa ? Oui ? Est-ce que si je te dis un secret, tu vas me croire ? C'est ça qui t'a réveillée ? Elle me fixait toujours. Elle n'avait pas l'air apeurée, pourtant. Dis-moi ton secret, et après tu vas te coucher, d'accord ? Elle hésitait encore. Je ne le répéterai à personne, c'est promis, mais tu me le dis, et papa va se coucher. Mais est-ce que tu vas me croire ? Si tu veux, ma chérie, si tu veux, mais dis-le-moi vite et va te recoucher. Tu ne le diras pas non plus à maman ? Même à trois heures du matin, il faut garder des principes : ça, on verra, lui ai-je dit, ça dépend de ton secret. Elle a réfléchi un instant avec gravité tout en regardant ses doigts de pied. Quand elle est comme ça, on dirait sa mère. Moi, j'avais juste envie de retourner au lit et d'attendre plutôt le lendemain pour apprendre le grand secret, voire de laisser le soin à Catherine de le recueillir. Bon, si tu veux, tu me le diras demain, parce qu'on ne va pas y passer toute la nuit, d'accord ? Ça l'a décidée.

Elle a quitté la fenêtre et s'est approchée de moi, s'est hissée sur la pointe des pieds pendant que je m'abaissais pour recueillir le secret : j'ai vu un ange.

Bon, me suis-je dit, ça change des cauchemars, c'est toujours ça. Je lui ai dit : eh bien, ma puce, tu as beaucoup de chance, on n'en voit pas tous les jours. Et je suis sûr qu'il veille sur toi, alors maintenant tu peux te rendormir tranquillement. Mais elle m'a répété : j'ai vu un ange. Oui, j'ai compris : tu as vu un ange. C'est merveilleux. Il devait être là pour te dire bonsoir. La psychologue, la semaine dernière, nous a dit qu'il ne fallait pas nier brutalement l'existence de ce qu'elle imaginait — enfin, c'est ce que j'ai cru comprendre, parce que, moi, les psychologues. Elle a réfléchi : tu en as déjà vu, toi ? J'ai senti qu'on était partis pour une discussion qui allait affaiblir ma capacité réactive au bureau. Non, mais c'est sûrement qu'ils ne se montrent qu'aux petites filles, tu sais, et maintenant. Elle m'a interrompu : il ne m'a pas fait peur. C'est très bien, mais tu sais, les anges ne font pas peur, ils sont gentils. Pourtant, il n'avait pas l'air gentil. Ah bon ?

Mine de rien, j'avais quand même réussi à lui faire regagner son lit. Elle s'était glissée sous les couvertures et je m'étais assis à côté d'elle. Il n'avait pas l'air gentil ? Non, il avait l'air triste. Mais les anges ne sont pas tristes, ma chérie. Alors ce n'était pas un ange ? Ce n'est pas ce que je veux dire, mais. Non, non, je suis sûre que c'était un ange, il me regardait et il avait l'air triste. J'ai passé ma main sur ma figure. Il te regardait ? Oui, il m'a regardée pendant long-temps. Et après il s'est envolé ? Elle m'a dit dans un souffle : il n'avait pas d'ailes.

C'est curieux, lui ai-je dit, en général les anges ont des ailes, mais peut-être que tu ne les as pas bien vues, dans la nuit. Non, non, il n'en avait pas, j'en suis sûre : j'ai bien regardé, à la fenêtre. Silence. Bon écoute, ma chérie, ai-je fini par lui dire, on reparlera de ça demain matin, si tu veux. Maintenant tu peux dormir, tu as eu beaucoup de chance d'avoir vu un ange, tu sais, beaucoup de chance. C'était un ange, il avait l'air triste et il n'avait pas d'ailes. J'ai poussé un soupir en pensant à la tête de mon patron, demain : je suis fatigué mais c'est parce que ma fille a vu un ange cette nuit, vous comprenez ? Ça n'arrive pas tous les jours.

Elle n'avait absolument pas l'air de vouloir se rendormir. Bon, où est-ce que tu l'as vu ? Là, sur le toit, par la fenêtre, il était sur le bord du toit. Le toit d'en face ? Oui. Et qu'est-ce qu'il a fait ? Rien, il était là, sur le toit, il me regardait d'un air triste. Je me sens triste, papa. Je lui ai pris la main. Mais il n'y a aucune raison, ma chérie : c'est très beau, au contraire, de voir un ange. Oui, mais celui-là était triste. C'est peut-être ce que tu as cru, tu ne l'as peut-être pas bien vu, depuis ton lit. Mais je n'étais plus dans mon lit, j'étais contre la fenêtre. Je voyais très bien comment il était, sa chemise, son pantalon, ses chaussures. Un ange en pantalon ? Je te jure, papa, il n'avait pas d'ailes, mais il avait un pantalon. Et des chaussures ? (Je n'ai pas pu m'empêcher de penser que ça ne devait pas être très pratique, de voler avec des croquenots.) Oui. Bon, il faut croire qu'il avait un rendez-vous en ville. Il n'avait pas de cravate, au moins ? Non. Ça m'aurait étonné, quand même. J'ai serré sa main. Eh bien, tu peux être fière, tu es la première petite fille à voir un ange en pantalon avec des chaussures et une chemise, tu pourras raconter ça à tes amis, demain. Non, c'est un secret. Bon, d'accord, c'est un secret. Ce sera juste entre toi et moi, je ne dirai même rien à maman, mais maintenant, il faut dormir.

Je n'aime pas qu'il soit triste, papa.

Là, je me sentais vraiment fatigué. Écoute, ma chérie, je suis sûr que ce n'était qu'un petit souci de rien du tout, et qu'après il est redevenu gai, comme tous les anges. Mais elle n'était pas convaincue. (Je me suis dit : peut-être que les anges aussi ont des soucis avec leur patron.) Non, quand il est parti, il avait encore l'air triste. J'ai remonté sa couverture. Mais tu verras, lui ai-je dit, la prochaine fois que tu le verras, je suis sûr qu'il sera très joyeux. Elle a fait une petite moue. Je ne sais pas s'il reviendra. Et c'est vrai, elle avait l'air triste.

Je lui ai caressé doucement les cheveux. Mais si, ma chérie, il reviendra, tout joyeux, et il sera content de te voir *dormir*. Il reviendra pour rechercher sa chaussure ? Je l'ai regardée avec perplexité. Pour rechercher sa chaussure ? Oui, quand il a disparu, il a laissé sa chaussure. Ah bon ? (C'est bien ce que je pensais, me suis-je dit, c'est pas pratique pour voler.) Là, sur le toit, où il était. J'ai eu un éclair de génie. C'est pour ça, tu vois, qu'il avait l'air triste : il avait mal dans ses chaussures. Moi aussi, quand j'ai des chaussures toutes neuves, elles me font un peu mal au début et ça me rend triste, mais ce n'est pas grave du tout. J'ai senti qu'elle commençait à se rasséréner. Mais elle s'est reprise : la chaussure n'était pas neuve, elle était toute vieille au contraire. Tu ne veux pas parler de cette histoire de chaussures demain, après le dodo ? Elle a encore secoué la tête : je n'ai plus envie de dormir.

Je sais bien, c'est là qu'il aurait fallu changer de ton, mais je crois que j'étais trop fatigué pour m'énerver vraiment. J'avais moi-même un peu l'impression de parler en rêve. Alors peut-être justement qu'il voulait s'en débarrasser, qu'il était mécontent de ses chaussures. Mais pourquoi, alors, est-ce qu'il n'en a laissé qu'une ? Cette fois, je me suis trouvé un peu en panne d'explications et je me suis tu un moment. Il l'a oubliée au moment de partir, m'a-t-elle dit après une courte méditation. J'ai fait mine de réfléchir et puis j'ai hoché la tête : tu as raison, ça doit être ça, tout simplement. Il m'a regardée, il a écarté grands les bras, comme ça, et puis il a disparu, mais il a oublié sa chaussure. Ça peut arriver, tu sais, lui ai-je dit, même les anges peuvent oublier leurs chaussures, dans la précipitation. Et maintenant on sait le fin mot de l'histoire.

Mais pourquoi est-ce qu'il avait l'air triste ? Ce genre de discussions circulaires, ça me rappelle un peu les entretiens avec mes clients. Je ne sais pas, mais je suis sûr que, quand tu te réveilleras, demain, tu verras, il sera revenu pendant la nuit reprendre sa chaussure. Il attend sûrement que tu te sois endormie pour revenir la chercher tranquillement. Et si elle y est toujours ? Eh bien, il viendra la chercher la nuit prochaine, pendant que tu dor-mi-ras.

Cette fois, enfin, le sommeil semblait commencer à la gagner. Tout de même, a-t-elle dit, ça ne doit pas être pratique, avec une seule chaussure. C'est toujours plus pratique qu'avec deux, ma chérie. Allez, dors. On pourrait la chercher pour la lui rapporter. Écoute, petite fille, on ne sait même pas où il habite, tandis que lui, il sait très bien où il l'a laissée, alors le mieux, c'est qu'il revienne la chercher lui-même. Sa voix était maintenant toute faible et envahie de sommeil. D'accord, a-t-elle fini par dire dans un souffle, mais si demain elle est toujours là, on ira la lui rapporter, tu me le promets ? D'accord, ma chérie, d'accord, on s'arrangera pour trouver son adresse, on regardera dans le Bottin. Allez, dors. Mais elle venait à l'instant de s'endormir.

Je suis ressorti sur la pointe des pieds. J'ai poussé un gros soupir. Bon sang, me suis-je dit, je ne vais jamais réussir à me rendormir. Je suis allé me chercher un verre d'eau dans la cuisine en prenant soin de ne pas allumer la lumière. Est-ce que je dirais à Catherine que la petite a encore eu des hallucinations ? Qu'elle a vu un ange en pantalon qui a oublié sa chaussure ? J'ai pensé à mon travail du lendemain, et je me suis dit : tant qu'à faire, je préférerais passer ma journée à trouver l'adresse de cet ange en pantalon, plutôt que de vendre des photocopieuses.

Je buvais en essayant de retrouver un état de présommeil. Est-ce que je rêvais de ce genre de choses, moi aussi, quand j'étais petit ? Peut-être. Pourquoi la petite serait-elle si différente ? Pourquoi faudrait-il s'inquiéter de ces hallucinations ? Parce qu'elle en a plus que les autres ? Parce qu'elle y croit plus fermement ? Moi aussi, ça a dû m'arriver d'y croire, à ce genre de choses. J'ai repris un verre d'eau et j'ai souri. C'est plutôt mignon, me suis-je dit, de rêver d'un ange avec des chaussures, un pantalon et une chemise. Mais il avait l'air triste, je sais.

C'est en reposant le verre d'eau sur l'évier que j'ai vu, par la fenêtre de la cuisine, sur le toit d'en face, une chaussure.

2

Esprit de vengeance

La porte s'est ouverte avec une facilité décon-
certante. Ça a été mon premier motif de satisfaction, le premier depuis bientôt trois mois, en fait
— pas seulement parce que la porte était ouverte,
mais aussi parce que j'avais réussi à l'ouvrir si
facilement. Je me suis dit intérieurement : pour
quelqu'un dont ce n'est pas la profession, tu
te débrouilles plutôt bien. Parce que ce n'était
évidemment pas ma profession (du moins pas
encore), de m'introduire de nuit et illégalement
chez les gens, de forcer des portes (en vérité, il ne
me semblait même pas l'avoir véritablement *forcée*, tant elle s'était ouverte aisément). Je me suis
dit : tu as une réelle aptitude à apprendre (et à
apprendre des choses difficiles), dans un contexte
pédagogique quasiment nul — parce que personne ne m'avait jamais enseigné à forcer les
portes, je l'avais appris tout simplement en regardant des films à la télévision.

Mais cette satisfaction a été de courte durée, parce qu'à peine après avoir poussé la porte m'est revenu en mémoire le pénible spectacle auquel j'avais assisté une heure auparavant, précisément en chemin vers cet immeuble et cette porte, le spectacle navrant d'un jeune homme qui n'avait plus qu'une seule jambe, qui marchait avec des béquilles et dont la jambe droite de jean était nouée au niveau du moignon. C'était vraiment pénible et triste, de voir ça, paradoxalement parce qu'il n'avait pas l'air malheureux, alors qu'il était jeune et, mis à part cette cruelle infirmité, de bonne constitution, même plutôt bien de sa personne, pour ce que j'avais pu en voir. C'est cette indifférence apparente à l'égard d'une situation si injuste (parce que j'avais l'impression qu'il aurait été plus juste qu'une telle infirmité affectât un vieux, ou même, il faut le dire, un malade, bref quelqu'un qui avait moins à attendre de la vie qu'un jeune homme de vingt ans en pleine possession de ses moyens et avec, comme on dit, l'avenir devant lui, un avenir, malheureusement, qu'il n'atteindrait plus qu'à cloche-pied), c'est cette indifférence qui m'avait le plus attristé, pour ce qu'elle supposait de résignation conquise afin de cesser de considérer sa vie comme irrémédiablement gâchée, une indifférence patiemment acquise à l'égard de ces regards pleins de pitié ou de ces paroles abominablement doucereuses dont il ne devait pas manquer d'être l'objet. Mais tout cela, bien sûr, n'est qu'apparence : il est certain qu'on ne peut *réellement* se résigner à ce genre de choses — tu peux briser ma jambe, dit Épictète, tu ne m'atteins pas : foutaises. Du moins l'effort doit être constant, épuisant, et puis il ne fait que masquer, enfouir, mais jamais abolir : le malheur est toujours conservé et travaille à l'intérieur. Diriger la souffrance non pas vers l'extérieur, mais vers l'intérieur, c'est évidemment le plus sûr moyen qu'elle vous ronge sans remède possible — d'ailleurs, des remèdes, il n'y en a pas.

Alors, après l'avoir dépassé et en entendant décroître son clopinement derrière moi, je n'ai pas pu m'empêcher de penser à ma propre situation, qui m'apparaissait si futile au regard de ce que je venais de croiser que j'en avais presque honte de continuer à marcher. Mais tout de même, il y avait quelque chose de commun, parce que, moi aussi, j'avais commencé par crier, par me démener, par exprimer ouvertement la souffrance, même si son objet était vraiment dérisoire, une souffrance d'enfant gâté. Et puis j'avais cessé de crier, mais la douleur n'était pas passée, je l'avais simplement retournée contre moi et je faisais désormais bonne figure (sauf le soir, quand le soleil se couchait et que je me sentais abandonné à la solitude). Je ne sais pas ce qui était le plus obscène, de rapprocher ma situation d'enfant gâté de celle de ce pauvre garçon ou de considérer que je n'avais vraiment pas à me plaindre, compte tenu des malheurs véritables qui peuvent frapper certaines personnes. J'en étais encore à me demander cela (qu'est-ce qui est le plus obscène, somme toute ?) et même à commencer à réfléchir à des choses plus profondes (la légitimité d'une comparaison entre les maux, comme si toute douleur n'était pas, de toute façon, incommensurable), lorsque j'avais poussé la porte.

Si j'étais si discret, ce n'était pas seulement pour faire comme dans les films, mais parce que je savais qu'il y avait quelqu'un dans l'appartement. Je n'avais pas attendu que l'appartement fût vide pour le cambrioler, d'abord parce que je n'avais pas les moyens de savoir quand il le serait et ensuite parce que je n'avais pas envie d'attendre indéfiniment. D'ailleurs, une certaine inconscience m'épargnait cette fébrilité qui, dans ces cas-là, fait que vous êtes finalement trop bruyant par excès d'attention (j'avais vu cela aussi dans les films). Je me disais stupidement qu'à cette heure-ci (trois heures du matin) ils devaient dormir d'un profond sommeil.

J'ai jeté furtivement un œil dans la salle de bains sans m'y attarder et je suis allé directement dans la cuisine, en me demandant ce que pouvait faire dans la rue, à trois heures du matin, un jeune homme de vingt ans unijambiste. C'était tout de même singulier — non pas que les uni-jambistes n'aient pas le droit de traîner dans les rues en plein milieu de la nuit, mais c'était un fait qu'on en voyait peu à cette heure-là. J'ai ouvert machinalement l'un des placards de la cuisine et j'en ai sorti un verre. Il traînait sur le plan de travail une bouteille de Martini, vidée aux deux tiers : je me suis servi. Après quoi, j'ai un peu regardé autour de moi.

Ils n'avaient pas fait la vaisselle avant de se coucher, on pouvait voir dans l'évier au moins deux assiettes, des couverts, des casseroles. On n'entendait rien d'autre que le ronronnement du réfrigérateur. Je m'étais appuyé contre le mur, sirotant mon Martini. Depuis la fenêtre de la cuisine, on voyait les toits des immeubles et des maisons environnantes faiblement éclairées par l'éclat distant et incertain de la nuit. À cette heure-ci, personne ne devait être à sa fenêtre, à part peut-être des enfants insomniaques, comme je l'étais moi-même il y a très longtemps, ou des jeunes filles rêveuses et amoureuses. Je me sentais très calme. Par quoi commencer ?

Je n'en avais pas la moindre idée et j'ai eu le sentiment que le fait de pénétrer dans cet appartement avait été en réalité le seul but que je m'étais fixé. Tu vois, me disais-je, il y a des gens plus malheureux que toi. À vrai dire : *tout le monde* est plus malheureux que toi, tu devrais cesser cette complaisance. Qu'est-ce que c'est, auprès de quelqu'un qui a perdu sa jambe ? Mais moi aussi, j'étais *amputé*.

Je suis passé dans le salon, mon verre à la main. Ils étaient donc à côté, sans se douter qu'un individu se tenait là, à deux pas de leur chambre, en train de siffler leur Martini. Ils dormaient paisiblement, peut-être enlacés, non, pas enlacés : elle avait dû finir par s'étendre sur le côté, la tête vers le mur, lui tournant le dos avec cette innocente impunité que confère le sommeil profond, lui devait être allongé de tout son long sur le dos, une jambe dépassant des couvertures, torse nu, peut-être. J'ai levé mon verre dans leur direction pour boire à leur santé.

De quoi avaient-ils pu dîner, ce soir ? Il flottait dans le salon des relents de cuisine difficiles à identifier. Une odeur de cigarette aussi. Quant au vin qu'ils avaient bu, ce n'était pas difficile de le savoir, parce qu'ils avaient laissé la bouteille (vide) sur la table du salon : un bourgogne pas mauvais. J'ai passé la main sur la table, senti l'aspect friable de quelques miettes. Ils avaient dîné là. Ils n'avaient pas beaucoup parlé, la fatigue de la journée de travail se faisant rapidement sentir et aussi parce qu'il ne s'était rien passé de véritablement palpitant aujourd'hui. Elle avait dû lui dire qu'il n'était encore pas question d'augmentation pour elle en ce moment. Mais lui devait penser à autre chose (peut-être avait-il croisé dans la rue un jeune uni-jambiste et que ce spectacle l'avait troublé, mais comment le lui dire et est-ce que ça avait vraiment un intérêt de le lui dire ?). Il s'était contenté de lui déclarer que ce n'était pas grave, que ses efforts finiraient par être récompensés (elle avait déjà entendu dire ça par ses collègues et, franchement, elle aurait aimé entendre autre chose de sa part). Ça ne t'intéresse pas vraiment, ce que je te raconte, lui dit-elle. Bien sûr que si. Mais non, ça ne l'intéressait pas vraiment, il devait se demander ce que cela faisait, de perdre une jambe à vingt ans, alors qu'on a toute la vie devant soi, une vie calculée pour les gens qui ont deux jambes. Mais c'est curieux aussi, me suis-je dit, pourquoi ne pas porter un appareil ? Ça doit coûter trop cher. Elle ne pensait déjà plus à son histoire d'augmentation qui n'intéressait personne. Elle se demandait plutôt et plus généralement à quoi ressemblait sa vie, si sa vie future ressemblerait à sa vie actuelle, parce qu'elle était jeune encore et avait ses deux jambes, mais ce n'était pas une condition suffisante pour être tout à fait heureuse. Je me suis dit : si ça se trouve, il n'a même pas les moyens de se payer un appareil, une prothèse, et toi, tu viens te lamenter sur ton sort. Elle regardait dans le vague, pensant : et si je prenais un amant ? Elle fut affligée de sa propre banalité. Qu'est-ce que tu veux comme dessert ? Moi, j'étais toujours au Martini.

Dans la pénombre, j'ai fait le tour de la table, m'approchant de la cheminée. Avec précaution, j'ai déposé mon verre sur le rebord, me disant instinctivement : fais gaffe aux auréoles sur le marbre. J'ai cru entendre un bruit dans la chambre. Il venait de se retourner à son tour, mais dans la direction opposée, de sorte qu'ils se tournaient maintenant mutuellement le dos. C'est fou ce que les autres attachent d'importance à ce genre de mouvement, se tourner le dos comme ça, tandis que, en réalité, dans un couple, ça ne préjuge en rien de l'état des relations, n'est-ce pas ?

Je pouvais distinguer les deux ou trois tableaux accrochés au mur et je me suis dit : lequel vais-je emporter ? J'avais le temps. Mais à ce moment, je me suis rendu compte d'une lacune terrible dans mon entreprise : je n'avais pas pris de sac avec moi. Complètement crétin. Alors que, dans tous les films, les cambrioleurs prennent soin d'apporter des sacs, généralement des sacs de sport ou des sacs de voyage, noirs (ça fait davantage professionnel), très minces mais très résistants. Cet oubli m'a consterné. C'était bien la peine de regarder autant de films pour commettre une erreur aussi grossière. J'étais donc réduit à prendre sur place des sacs en plastique, des sacs Monoprix, pour y fourrer ce que j'emporterais. Mais les sacs en plastique, tous les professionnels le savent, ça fait du bruit, crétin. J'ai tiré une chaise de la table et je me suis assis.

C'est précisément là qu'il était assis pour dîner, face à elle, et, finalement, il avait reposé sa serviette sur le coin de la table en disant : c'était très bon. Elle lui a répondu en souriant : merci, je suis vraiment très fatiguée, je crois que je vais aller me coucher directement, et il avait approuvé, parce que, somme toute, la conversation était terminée. Il fallait débarrasser la table. Je me suis levé, j'ai traversé de nouveau le salon vers le couloir et la cuisine. La vaisselle, ce serait pour demain. Quant aux restes : dans la poubelle, à côté de l'évier. Tandis que, elle, elle allait dans la salle de bains pour se démaquiller et se brosser les dents.

Comment fait-on dans ces cas-là ? me suis-je demandé. On doit faire à peu près la recension de toutes les activités qui demandent la possession de deux jambes valides et auxquelles il faut désormais renoncer. C'est horrible. Ce n'est pas vous qui êtes amputé, en fait, c'est la vie. Vous n'avez plus à votre disposition qu'une vie partielle, où il *manque* des choses, où les possibles eux-mêmes sont amputés. Comme j'avais rapporté mon verre dans la cuisine, je me suis resservi un Martini. Mais moi aussi, je vivais une vie tronquée. Mon doigt parcourait les couteaux suspendus au-dessus des plaques de cuisson par un puissant aimant (c'est dangereux, ces installations, on finit toujours par se couper). Il y en avait de toutes les tailles, destinés aux fonctions les plus variées et, la plupart du temps, utilisés à contre-emploi. De quoi trancher toutes sortes de choses.

Ce fut mon deuxième motif de satisfaction : constater que je n'avais pas envie de m'en servir, que cette brève carrière de cambrioleur dans laquelle je venais de me lancer ne m'entraînait pas irrémédiablement sur la pente de l'infamie et du crime, malgré l'impunité. Rien de plus facile que de saisir un de ces instruments, de me diriger à pas de loup dans la chambre et de frapper à coups répétés les rêves d'amants généreux et de vacances aux sports d'hiver. Ma satisfaction venait du fait que ce n'était pas la peur du châtiment ou de la condamnation morale qui me retenait, mais tout simplement de ce que je n'en avais pas *envie* — ce qui était la preuve éclatante qu'il restait au fond de moi de la bonté, un invincible sentiment moral. On a toujours besoin de se rassurer de ce côté-là, tant il est vrai que, la plupart du temps, nous ignorons réellement ce que nous sommes capables de faire. C'est avec un soupir de soulagement que j'ai quitté la cuisine pour me rendre dans la salle de bains, où elle avait dû finir de se brosser les dents, de se démaquiller, de se préparer pour la nuit, pour ses rêves d'amants surpuissants ou d'augmentations mirobolantes.

Posés sur le bord du lavabo, il y avait pêle-mêle

un tube de crème pour les mains, ses boucles d'oreilles, des cachets d'aspirine, parce qu'elle n'était pas seulement fatiguée mais avait aussi mal à la tête. Je me suis souvenu qu'il ne fallait pas que je touche à l'un quelconque de ces objets, parce qu'on laisse des empreintes, n'importe quel personnage de série Z sait cela, et j'ai eu le sentiment grisant que, par ce souci précautionneux (j'avais complètement oublié le verre de Martini sur lequel il y avait toutes les empreintes possibles et imaginables), j'étais bel et bien passé *de l'autre côté*, du côté de la vraie vie, celle remarquable et réelle d'un cambrioleur. Sur la glace qui surplombait le lavabo, j'ai posé mon reflet exactement à l'endroit où elle avait posé le sien, tout en me disant : pourquoi est-ce que je rencontre toujours ce genre de types ? Pourquoi est-ce qu'il n'y a, sur ma route, que des misérables ? Pourquoi, au lieu de ce pauvre garçon avec ses béquilles et sa jambe de pantalon nouée, je ne rencontre pas plutôt, je ne sais pas moi, un père de famille avec ses deux enfants revenant d'une fête déguisée ? Évidemment, parce qu'à trois heures du matin personne ne fait jamais de telles rencontres, mais est-ce une raison suffisante ? Non, au lieu de cela, j'ai toujours été confronté, comme par fatalité, à la misère du monde. J'ai toujours été *obligé*, par les circonstances, à penser à cette misère et, somme toute, à la porter sur mes épaules, ce qui expliquait que mes amis me jugeaient triste, qu'ils disaient invariablement : ah, machin (je préfère taire mon nom), c'est un homme triste. Mais eux ne faisaient jamais les rencontres que je faisais, qui d'ailleurs étaient toujours plus nombreuses et fréquentes, de sorte que mon accablement était toujours plus profond. Pas un jour sans que j'aperçoive une larme sur un visage, une disgrâce quelconque, un geste méprisable, des vêtements usés, une nuque ployée. Il aurait alors fallu que je sois un monstre pour ne pas rentrer accablé et portant sur le visage cet air à la fois douloureux et fatigué qui finissait par lasser tout le monde. Ce qui d'ailleurs n'arrangeait rien quand, le soir, je me regardais dans le miroir de la salle de bains en me brossant les dents. Mon visage, c'était finalement la dernière mauvaise rencontre que je faisais de la journée, pas la plus terrible, mais certainement la plus lassante, la plus sinistrement désespérante.

Au sortir de la salle de bains, je suis tombé sur le chat qui me fixait avec des yeux luminescents et dépourvus d'intelligence. Je lui ai murmuré : casse-toi, Cerbère. (Cerbère, c'est vraiment stupide comme nom, pour un *chat*.) Il n'avait pas l'air bien hostile, mais je me souvenais que certains des plus méticuleux cambrioleurs se font régulièrement découvrir par un maladroit écrasement de queue de chat (les cris que poussent les chats dans ces cas-là sont susceptibles de réveiller n'importe qui). Après un temps d'observation réciproque, il s'est nonchalamment détourné pour aller prendre une nouvelle ration de croquettes dans sa gamelle, parce que la vie nocturne des chats est bien moins palpitante qu'on ne se l'imagine. Bon, c'est pas tout ça, mais il faut faire quelque chose.

Je ne sais pas ce qu'elle avait fait de ses vêtements avant de se coucher, mais lui les avait déposés sur une chaise du salon, pantalon, chemise, veste et, au pied, ses chaussures avec ses chaussettes entortillées dedans. Elle, elle avait dû les remettre soigneusement dans la penderie, dans cette penderie que j'avais construite *de mes propres mains* sans obtenir d'elle beaucoup de reconnaissance. C'est vrai qu'elle n'était pas très bien faite, cette penderie, on voyait que c'était l'œuvre d'un bricoleur du dimanche, mais tout de même, ça aurait mérité plus de reconnaissance. Tu ne trouves pas, ai-je dit au chat qui m'avait finalement suivi, que ça méritait quand même un peu plus de reconnaissance ? Au lieu de ça, ça n'avait pesé pour rien au moment de faire les comptes, tout ça parce que, malgré toute ma bonne volonté à construire autour de nous un bel environnement, je restais et resterais toujours (c'est ce qu'elle m'avait dit) un homme triste.

Mais je te le demande (ai-je dit au chat), tu

crois franchement qu'elle a trouvé mieux ? Un type qui pose sa serviette sur le rebord de la table, exactement comme je le faisais moi aussi, en déclarant : c'était très bon (il ajoutait peut-être : ma chérie), en quoi est-ce mieux, hein ? Parce que, en réalité, il n'y a que ça, des types qui posent leur serviette sur le bord de la table en disant que c'était très bon. La seule différence, c'est le temps plus ou moins long que ça prend avant qu'ils ne le fassent, c'est tout, et, conséquemment, ça prend plus ou moins de temps avant de s'endormir en rêvant d'amants inconnus et sans serviette de table. Mais cela, elle ne le savait pas encore, au moment où elle avait décidé d'en finir avec moi. Elle ne savait pas encore que le prochain déposerait ses affaires sur une chaise, *exactement comme je le faisais*, avec les chaussettes entortillées dans les chaussures. Et est-ce qu'il était vraiment moins triste, lui ? Si j'étais venu ici il y a quelque temps, j'aurais peut-être pu découvrir ses vêtements dispersés aux quatre coins du salon, peut-être même leurs vêtements à tous les deux, emmêlés et jetés au hasard dans la fougue qui les entraînait vers la chambre en terrorisant le chat. Mais maintenant, les vêtements de l'une allaient dans la penderie que j'avais construite de mes mains d'empoté et les vêtements de l'autre étaient soigneusement déposés sur une chaise du salon. J'ai senti que j'allais perdre mon sang-froid.

Elle n'avait rien trouvé de mieux que de me foutre dehors sous prétexte que j'étais triste (mais elle l'aurait été aussi bien que moi, si elle avait fait les mêmes rencontres), qu'elle s'était débarrassée de moi pour s'empresser de me remplacer par un modèle identique, bien qu'un peu moins triste. Mais maintenant, j'étais là, j'étais revenu. Pour le moment, cet abruti dormait paisiblement, il ne risquait pas, lui, de faire de mauvaises rencontres, de découvrir la cruauté et l'absurdité de la vie à trois heures du matin en croisant un unijambiste. Il dormait, sans se douter que son prédécesseur était là, à deux pas de lui, que je m'étais introduit dans ce foutu appartement et que je m'y étais introduit d'autant plus facilement qu'elle avait oublié de reprendre le double des clefs, et c'était pourquoi, il fallait bien me l'avouer maintenant, la porte s'était ouverte si facilement, je ne l'avais même pas forcée — parce que, même après trois mois de télévision intensive, j'étais toujours incapable d'ouvrir une porte avec une épingle à cheveux, et tant pis pour la satisfaction que j'avais ressentie au départ. Mais il l'avait dans le baba, ce grand con, lui qui croyait posséder en toute impunité à la fois ma femme et mon appartement, et qui dormait sans se douter qu'au même moment passait sous ses fenêtres un jeune homme à la jambe coupée, sans avoir aucune idée de ce que cela fait quand on vous arrache quelque chose qui est de votre propre corps — parce qu'elle était de mon propre corps.

Alors, il fallait bien que je fasse quelque chose pour corriger cette injustice. Je me suis dirigé vers la chaise où il avait déposé ses vêtements, j'ai pris son pantalon et j'ai soigneusement fait un nœud avec la jambe droite au niveau du genou. Et puis, comme ça ne suffisait pas, j'ai pris sa chaussure droite, j'ai ouvert la fenêtre du salon le plus discrètement possible et je l'ai balancée sur le toit d'en face, à un endroit d'où on pouvait la voir, mais qui était totalement impossible à atteindre. Après quoi j'ai refermé la fenêtre et j'ai quitté l'appartement, en me demandant la tête qu'il ferait demain matin, ce con, en tâchant d'enfiler son pantalon noué et en constatant qu'il n'avait plus qu'une chaussure gauche.

3

Chant de l'attente

Oh mon amour, je voudrais que, là où tu te trouves, tu ne souffres plus jamais. Par moments même, je voudrais que tu m'aies oubliée, pour que je ne sois pas un objet de souffrance pour toi. Et puis, le moment d'après, bien sûr, je voudrais que tu ne m'oublies jamais, au contraire, et n'être pas la seule à regarder par la fenêtre en pleurant, à rester là comme une idiote, les bras ballants, inutile, avec tout mon corps inutile et mon sourire pour personne, ces dents éclatantes pour ne rien croquer, et tous ces jours vides devant moi.

Au moment où je t'ai perdu, j'ai bien compris que la souffrance allait être terrible. Je l'ai compris immédiatement, avec les premières larmes et les premières injures. Mais ce que je n'avais pas prévu, c'était l'ennui. Je m'apprêtais à souffrir d'amour et d'injustice, mais pas à souffrir d'ennui. Cette souffrance-là aiguise les autres, et les creuse et les écorche à chaque instant. Je veux bien que les souvenirs me brûlent, mais je ne sais pas quoi faire avec ce présent vide, cette plaie. Et je me sens vile, de m'ennuyer, j'en ai honte, comme d'un luxe d'enfant gâtée. Je me dis que ta souffrance à toi est plus pure, plus noble, et que la mienne est bête, horriblement plate. Je t'imagine droit, arc-bouté, bandant tes muscles ou même baissant la tête, mais tu tiens debout. Moi, je suis assise et je n'ai qu'un corps de rien, pas de membres, pas de muscles, pas de forme. Je suis toute plate, tellement l'ennui me presse.

Ma mère, de temps en temps, vient dans ma chambre, me demande si ça va — parfois elle passe sa main dans mes cheveux en silence. Puis elle repart. Je sens bien que, de l'autre côté, elle essaie de faire le moins de bruit possible. Même le petit frère joue en silence. Comme si toute la maison était en deuil, comme si j'étais malade à mourir. Mais je ne meurs pas : je regarde simplement par la fenêtre, comme quelqu'un qui attend, mais je n'attends plus rien, n'est-ce pas ? Parfois, ma mère s'assoit à côté de moi, sur mon lit. Elle me dit à voix basse : tu devrais manger quelque chose. Mais pour quoi faire ? Pour nourrir quoi ? Ma mère croit que j'ai un corps, elle croit qu'il y a encore quelque chose à nourrir, un peu de chair ou un peu d'âme. Et puis je sais bien qu'elle doit se dire que ça passera, qu'à mon âge ça finit toujours par passer. Ma mère croit que j'ai encore l'âge inscrit sur ma carte d'identité française, parce que j'ai le même visage que celui de la photo. Ma mère ne veut pas savoir que j'ai vieilli deux fois, une première fois quand tu m'as prise dans tes bras, une seconde fois quand on m'en a arrachée — la première fois je suis devenue une femme, la seconde une morte. Je suis plus vieille que ma mère, plus vieille que n'importe qui.

Et toi, as-tu encore la vie devant toi ? Ils ont menti, évidemment, en disant qu'ils te renvoyaient chez toi : chez toi, c'était ici, et même si c'était un tout petit royaume, et même s'il était facile de t'en chasser, il était à toi, tu le dirigeais d'une main douce et prévenante — et maintenant, je me sens aussi exilée que toi. Je n'ai plus de temps, mais je n'ai plus de terre non plus. Je suis française, paraît-il, parce que je suis née ici et que c'est tout ce que m'aura donné mon père avant de nous planter là et de s'enfuir. Mais tu as emporté avec toi le petit peu de place sur lequel je me tenais.

Bien sûr, ce petit royaume était sans arrêt menacé, il y avait des gens à éviter, des regards à endurer, des humiliations à souffrir, parce que, pour les gens, les princes ne sont pas noirs — mais, jusqu'à ce qu'ils viennent te chercher, je n'aurais pas cru qu'il fût si fragile. Pourtant tu m'avais mise en garde. Je lisais trop, disais-tu. Je croyais que la vie était comme dans les livres et que les agents de police utilisaient l'imparfait du subjonctif. Je croyais qu'il y avait des choses invulnérables, que tu étais intouchable. Quelles mains auraient pu t'empoigner ? Et de quel tort auraient-elles pu se venger ? Tu vois, oui, je parle comme dans les livres que j'ai trop lus, je ne sais pas comment faire autrement, c'est mon langage, même si je vois bien, maintenant, qu'il ne désigne pas le monde tel qu'il est, un monde où les agents de police n'emploient pas l'imparfait du subjonctif, mais s'y connaissent en injures et en humiliations, ont des petits bras impitoyables, des mains viles et efficaces, tandis que les tiennes étaient longues et fines et ta paume toujours ouverte, celle qui, à ce mariage, m'a tendu ce plat, la première fois que nous nous sommes vus. Je me souviens si bien de ce geste : tu étais celui qui donnais. Tu m'as souri. Tu m'offrais à manger et ce geste n'avait rien de banal. Maintenant, je n'ai plus rien à manger et je n'ai plus faim.

Bien sûr, je ne suis pas tombée amoureuse comme ça, au premier regard, au premier geste, comme une petite oie gavée de livres, je n'étais pas si facile à conquérir, mais tu n'étais pas de ceux qui se croient un droit sur les choses et sur les êtres. Tu n'as jamais été de ceux qui prennent, même cette fameuse nuit qui nous a fait tant rire et qui maintenant me fait tant pleurer.

Essaie de ne plus y penser, a dit ma mère tout à l'heure. Je ne savais pas exactement à quoi elle faisait allusion : si c'était toi que je devais oublier, ou cette courte histoire, ou l'injustice du monde, ces mains qui t'ont empoigné, ces phrases, je ne peux pas m'empêcher de m'en souvenir, crachées sur toi, tu vas rentrer chez toi, t'es pas chez toi ici, fais pas d'histoires ou je te pète le bras, taisez-vous, mademoiselle, calmez-vous, cessez de hurler comme ça, ne rendez pas les choses plus difficiles. Parce que, en plus, il fallait leur rendre la tâche facile. Ne rendez pas les choses plus difficiles. Je ne vois pas ce qui aurait pu être plus difficile à endurer, de te voir les mains dans le dos, poussé en avant, et ton visage tourné vers moi, et moi hurlant, hurlant, hurlant, tes mains tordues dans ton dos, et ce bouledogue en uniforme qui m'a repoussée dans la pièce : arrêtez de crier, ou je vous embarque aussi. Mais embarquez-moi aussi, embarquez-moi. Il me maintenait le temps de te faire disparaître, le temps qu'ils te fassent monter dans la voiture en t'appuyant sur la tête pour la faire ployer. J'ai cessé de hurler d'un seul coup. Je me suis assise sur le lit, avec ce flic en face de moi, je n'avais plus de voix, plus de souffle, rien que des sanglots de petite fille, sans fin, et il me regardait.

Les voisins passaient la tête à la porte, le plus discrètement possible parce que certains d'entre eux aussi étaient en danger avec ces policiers partout. Le flic a fini par me dire : vous voulez qu'on appelle quelqu'un pour venir vous chercher, vos parents ? Il me vouvoyait. Ils m'ont tous vouvoyée, parce que, même si je suis noire, j'ai des papiers, moi, des papiers français. Avoir ce bout de plastique dans la poche, ça vous donne le droit d'être vouvoyée. Sans papiers, noir, on est juste un Tu.

Un des voisins a dit qu'il connaissait ma mère et qu'il allait l'appeler. Le policier a fini par partir. Les voisins s'étaient amassés à la porte et la seule pensée qui m'est venue à l'esprit à ce moment-là, c'est que, parmi eux, il y avait la tête de ton délateur. À travers mes sanglots, j'entendais leurs murmures, et aussi les cris, plus bas, dans les autres étages, là où ils en avaient raflé d'autres. Il y avait aussi cette femme sans âge et si bonne qui avait pris pour toi le titre de marraine, avec son visage gris et ridé, tout fripé. Elle seule est entrée dans la soupente désertée, elle est venue prendre mes mains sans rien dire et m'a souri. Ses bras maigres, je sentais ses os, m'ont entourée, elle a touché mes cheveux. Lorsque ma mère est arrivée finalement, elle était toujours là et n'avait pas prononcé une seule parole, son épaule était trempée de mes larmes, toute ma vie liquéfiée sur son épaule.

J'ai quitté les lieux. Ils doivent de nouveau être occupés, maintenant, de nouveau ils abritent un homme, une femme, une famille qu'on viendra chasser dans quelques mois, à qui on dira : rentrez chez vous, ce n'est pas votre pays, ici.

Celui qui t'a dénoncé, je sais qui c'est : c'est ce garçon qui vivait dans le même immeuble, qui me faisait la cour, celui qui venait d'un pays voisin du tien, mais qui possédait une carte de séjour en règle, jaloux, chaque fois que je venais chez toi, d'entendre mon pas dans l'escalier qui ne s'arrêtait pas à l'étage qu'il aurait voulu. Je suis sûre que c'est lui, il se croyait des droits sur moi, parce qu'il m'avait connue en même temps que toi, à ce mariage, mais lui ne m'avait rien tendu, sa main était faite pour saisir — et pour désigner. Cette main, si j'étais un homme, je la lui briserais phalange par phalange, qu'elle ne puisse plus rien saisir ni rien pointer, mais qu'il garde ses doigts tordus comme une marque d'infamie. Je suis moins noble que toi. Sa jalousie te faisait sourire, mais sans haine : qui ne voudrait pas, me disais-tu, poser la main sur une biche si fine ? Tu croyais que tout le monde avait les mêmes mains que les tiennes.

Ma mère m'a déposée dans ma chambre comme un paquet. Je me souviens juste que nous avons croisé la vieille voisine du dessous, celle qui me dit toujours bonjour. Elle m'a demandé : eh bien, petite enfant, qu'est-ce qui ne va pas ? Petite enfant. J'étais plus âgée qu'elle, désormais, est-ce qu'elle ne le voyait pas ?

Ma mère ne disait rien. Je crois qu'elle t'aimait bien et elle voyait que tu me rendais heureuse. Bien sûr, il y avait les études, elle se doutait bien que je ne faisais pas que repasser mes leçons avec toi qui ne savais pas lire. Ça l'inquiétait, bien sûr, mais je crois qu'elle avait vu du premier coup d'œil ta noblesse, ce qui n'est jamais inscrit sur aucune carte ni aucun papier, ce qui n'est jamais tamponné par la préfecture de police, ce qu'on ne porte pas dans sa poche.

Le seul moment où tu as été *clandestin*, vraiment, c'est la nuit où tu es venu me trouver. Pour le reste, je ne sais pas comment te le dire, c'est peut-être même obscène et absurde de le dire, mais cette situation, ce pour quoi on t'a finalement arraché à moi, te rendait l'homme le plus libre du monde : tu n'avais pas ce permis de séjour que les autres gardent dans leur poche comme les asthmatiques leur inhalateur. Tu respirais à ton aise, à grandes bouffées, ce souffle libre que je sentais dans mes cheveux quand tu finissais par t'endormir, dans mon visage, qui entrait dans ma bouche, me gonflait comme une voile, qui faisait de moi un être vivant et debout — ce souffle me manque tellement que je respire comme une petite vieille, que je me dessèche sur le bord de mon lit à regarder toujours la même chose par la fenêtre.

Je n'aurai pas eu le temps, finalement, de t'apprendre à lire, et d'ailleurs pour quoi faire ? Pour que tu puisses déchiffrer le mot *Police* sur la camionnette ? Les mots *expulsion* ? *Embarquement* ? Et pour lire quoi, maintenant ? Les lettres que tu ne pourras jamais recevoir ? Ou pour que tu n'aies plus à embrasser que du papier à lettres ? Rien que pour ça, je ne voudrais pas t'écrire, rien que pour que tu ne puisses pas voir, au-dessus de mon écriture d'amoureuse, le petit carré dentelé de la République française qui a été si généreuse à ton égard. Ce que j'écrirais, si j'en avais la force, je le garderais pour moi, pur, intact, sans cachet officiel d'aucune sorte et, si je le pouvais, je viendrais le déposer moi-même entre tes mains. Et ce serait moi aussi qui t'aiderais à le déchiffrer. Je te dirais, où que tu te trouves, en te montrant les signes incompréhensibles : ici, je te dis que je t'aime, que je t'aimerai toujours et là, que tu me manques si atrocement que je n'arrive plus à respirer. Que je m'ennuie.

Voilà ce qui m'obsède : ce temps si court alors, si long maintenant. D'un seul coup, en t'empoignant, ils m'ont donné à moi seule tout le temps qui nous a manqué. C'est le cadeau empoisonné qu'ils m'ont donné pour ton départ. Tu voulais du temps ? Tiens, petite fille, maintenant on t'en donne, fais-en ce que tu veux, il est bien vide, bien long, tu peux le remplir avec toute ta peine si tu veux, si tu n'en as pas assez, on peut t'en donner plus — du moment que tu n'en fais rien. Ils sont si généreux, remarque, ils t'ont fait le même cadeau, avec uniquement cette clause restrictive que ce n'est pas du temps *français* — et avec cette clause restrictive pour tous les deux que ça ne peut pas être le temps de l'amour. Il y a des gens à qui on laisse le temps *parce qu'ils ont des papiers*, c'est comme s'il était écrit sur leur carte d'identité, en dessous du nom, du prénom, de la date de naissance : droit au temps. Pas de papiers ? Pas de temps. La belle histoire d'amour, c'est du luxe.

Nous n'avions pas réfléchi à ça, n'est-ce pas ? Quand, à ce dîner de mariage, tu es venu me demander si je voulais danser, j'aurais dû te dire : vite, dansons, dansons plus vite que la musique. Est-ce que le jour se lève déjà, est-ce le début de la nuit ? Ce qu'on entend, est-ce le rossignol ou l'alouette ? C'est une autre sirène qui nous a avertis que la nuit était finie.

Est-ce que je pouvais savoir, moi, que nous dînions, à ce repas, sous l'œil de Judas ? Que le temps était compté simplement parce que je dansais avec toi et pas avec lui ? Pourquoi n'as-tu pas pointé ton doigt, simplement dit : celui-là nous trahira, il a déjà les trente deniers dans les yeux, il est bon à aller se pendre ? Moi, je ne savais rien. Maintenant, je sais qu'il y a les nobles et les ignobles, je sais qu'il y a des êtres qui ne valent même pas trente deniers et d'autres que n'achète-rait pas tout l'or du monde. Je sais aussi qu'il y a du temps, que ce temps peut manquer, je sais qu'il y a des mains qui gardent la paume ouverte tandis que sur d'autres se referment les doigts, je sais qu'il y a un souffle qui fait vivre et un souffle qui halète, des nuits décisives, des gestes qui ne trompent pas, de la pureté dans la parole mais qu'elle est fragile parce que la parole appartient à tout le monde, je sais qu'il faut se dépêcher de serrer un corps contre le sien, je sais que ce qui nous rend heureux nous rend malheureux à peine quelques jours plus tard, je sais que nous sommes toujours promis au sacrifice, je sais qu'il existe des distances infranchissables, je sais que le *vrai* est persécuté, je sais que rien ne nous appartient et qu'on peut tout nous prendre, je sais qu'un toit, une nuit, un grincement, un sursaut, une ampoule électrique décident de qui rit et de qui pleurera toute sa vie — et je sais qu'il existe la police fran-çaise. Qu'est-ce que j'ai d'autre à apprendre ?

Oh, mon amour, je me rends compte qu'il y a si peu de choses à raconter de notre histoire, au regard de ce que tous les autres vivent et construi-sent. Il reste moins de choses, encore, sur les-quelles accrocher ton souvenir.

Tu marchais comme un chat, cette nuit-là, mais j'avais l'oreille en éveil, je savais que tu vien-drais, sans que tu ne me l'aies promis, je savais que tu serais là, lorsque j'écarterais les rideaux de ma chambre. Je le savais, au dernier regard que tu m'avais donné, lorsque, à la fin du mariage, tu m'avais dit au revoir. J'ai attendu plusieurs nuits. Quel étrange spectacle, quelle féerique apparition, de te voir d'un seul coup là, sur le toit d'en face, séparé seulement par la petite cour intérieure. Tu me regardais. Tu t'étais accroupi comme si tu allais bondir vers moi, enjamber d'un saut le vide de la cour et te poser souplement dans ma chambre. J'ai ouvert discrètement ma fenêtre. Ma joie était si profonde, si enfantine à la fois, si intense. Je te faisais des signes précipités pour te dire : cache-toi, cache-toi, tu es fou. Je voulais dire : reste, reste là toujours.

As-tu jamais eu l'intention de m'enlever ? Je ne sais même plus les mots que nous avons échangés, mais je sais qu'il y avait beaucoup de silence, et pas seulement pour guetter une interruption inopinée, juste pour nous regarder. À un moment, je m'en souviens, je t'ai demandé en murmurant : m'em-mèneras-tu ?

Ce n'était pas un conte de fées, c'était la réa-lité, ce n'était pas comme cette histoire que nous avait racontée le voisin, celui qui collectionnait ces drôles d'insectes. Il appelait ça le syndrome Conte de fées, cette histoire stupide. C'est lors-qu'ils sont venus te chercher que tout est devenu irréel et c'est *maintenant* que je vis dans un songe et que le songe t'a pris toi aussi.

D'un seul coup la fenêtre de la chambre de ma mère s'est allumée. Nous avons sursauté comme deux enfants pris en faute. Tu as vacillé, j'ai eu peur un moment, une fraction de seconde, que tu ne dérapes et que tu tombes. Nous avons entendu le cliquetis de sa fenêtre. Va-t'en, va-t'en, t'ai-je lancé aussi discrètement que possible, sauve-toi. C'est ma mère, elle va te voir. Ton rire. C'était tellement cocasse. Tu m'as envoyé un baiser et tu t'es sauvé sur le toit comme un chat effarouché, c'était tellement drôle à voir, et, dans la précipitation, tu te souviens, tu as perdu ta chaussure, elle s'était coincée dans la gouttière. Un vrai spectacle pour enfants : ta chaussure, là, et toi qui détalais. Je riais encore quand ma mère, furieuse, a pénétré dans ma chambre. Elle est restée complètement interdite, et moi, je riais, je riais, et il me semblait entendre ton rire, à toi aussi, qui s'enfuyait dans la nuit. Oh, maman, c'était tellement drôle. Elle a refermé la porte en haussant les épaules.

La chaussure est restée là. C'est ce que je regarde depuis des jours — ce qu'il reste de toi, cette chaussure dérisoire, comme si on venait de t'emporter au ciel et que tu n'avais laissé que cette trace-là : une chaussure, pour m'assurer que tu te tenais bien là, que je n'avais pas rêvé. Pendant tout le temps qu'a duré notre histoire, tous les matins, j'ouvrais mes rideaux, je la voyais là et je ne pouvais m'empêcher de sourire. Mais c'est comme si elle me narguait désormais. Tout ce qui me reste de toi, insistant avec stupidité, tous les jours, ce bout de cuir que je ne peux même pas atteindre, qui reste obstinément devant moi et qui me dit : tu l'as perdu, tu l'as perdu, tu l'as perdu.

Je crois que ma mère l'a compris, elle veut que nous déménagions. Moi, je ne veux pas, tu comprends : j'attends que tu viennes la chercher.

C'est la nuit maintenant. Maman vient de passer dans ma chambre pour me demander si je ne voulais pas manger. J'ai fait non de la tête. Elle n'a pas insisté. Je l'ai entendue ranger les couverts, aller coucher mon petit frère. Il n'y a plus un bruit dans la maison et je suis toujours assise là, devant la fenêtre. Tout l'immeuble est plongé dans le silence. J'entends juste, dans l'immeuble d'en face, la petite fille pleurer faiblement : elle cauchemarde toutes les nuits. Hier, dans la nuit, elle était comme moi à la fenêtre, les yeux grands ouverts, comme si elle attendait elle aussi.

Je t'en supplie, traverse l'océan, traverse le monde entier, écarte-le de la main, celui qui fait obstacle, avec douceur ou avec brutalité, peu importe, mais s'il te plaît, viens la chercher, cette chaussure. Reviens chercher ce que tu as laissé ici.

Je ne bougerai pas, mon amour, je te le promets. Je me tiens prête à ouvrir la fenêtre. Je t'en supplie.

4

Explication de ma disparition

I

C'est une interview qui a sauvé ma vie.

Ce fait mérite d'autant plus d'être raconté qu'il fournira peut-être une explication à ce qui s'est alors passé dans mon existence et qui, depuis lors, est resté, je crois, incompréhensible à la plupart de ceux qui m'ont connu. Il jettera une lumière inédite sur les quelques semaines qui ont précédé ma disparition. Tout ce que je vais raconter ici, d'ailleurs, vaut pour une première et *dernière* explication.

Cette interview a eu un effet d'autant plus bouleversant qu'à l'époque je n'avais pas l'impression que ma vie dût être sauvée. Pour tout dire : ça allait plutôt bien pour moi. J'étais parvenu à quelque chose comme un sommet dans mon existence. Je disposais désormais, comme chacun sait ou s'en souvient peut-être, de *mon* émission de télévision, pour laquelle je pouvais inviter qui je voulais et porter les costumes que je voulais, une émission littéraire de cinquante-huit minutes, un truc incontournable — inutile d'insister, tout le monde connaît cette émission. Tout le monde a vu cet entretien avec Ernest Hemingway (tout le monde en a entendu parler, en tout cas) que j'ai réalisé exactement quarante ans après sa mort et qui m'a littéralement propulsé au zénith des émissions littéraires, un entretien où j'ai réussi, à force de montages, à recueillir son opinion sur le risque des OGM et l'aspect colonialiste de la première guerre du Golfe, où même — le moment le plus fort je crois — j'ai pu interroger son sentiment sur cette manière de se faire exploser le crâne au fusil de chasse que venait de remettre à la mode Kurt Cobain, le chanteur de Nirvana. De la même manière que Charlton Heston est devenu spécialiste de l'Antiquité romaine après son rôle dans *Ben Hur*, j'ai accédé, presque du jour au lendemain, au rang de critique littéraire spécialiste de la prose du XXe siècle. Qu'un écrivain de la carrure d'Hemingway ait pu se confier post mortem à un jeune homme tel que moi, qu'il m'ait choisi *moi* (moi qui venais de passer de la rubrique *Hockey sur glace* de l'émission sportive du dimanche après-midi à la rubrique *Comment s'habillaient les écrivains célèbres ?* du lundi matin) valait tous les diplômes universitaires — et c'était tant mieux, parce que je n'en avais aucun.

Mais ce n'est pas de cette interview-là dont je parle. Celle-là n'a pas sauvé ma vie. Certes, elle l'a considérablement changée, parce qu'à partir de ce moment-là j'ai pu acheter des costumes que je n'aurais jamais pu imaginer me payer un jour, j'ai pu vider autant de bouteilles de champagne qu'on aurait pu en remplir les soutes du *Titanic*. Je me suis acheté une Volvo avec toutes les options.

Évidemment j'ai eu la prudence de ne pas réitérer le coup de l'entretien posthume, mais je me suis autorisé, à partir de ce moment, un ton légèrement doctoral, voire teinté d'un peu de mépris, quand par exemple j'évoquais (d'un air entendu, aussi) le *ratage partiel* que représentait *Le rivage des Syrtes*. Tout ça m'a permis d'être invité à toutes sortes de conférences et aussi à d'autres émissions. Mes compétences sont devenues universelles.

J'étais désormais entouré de chroniqueurs que j'avais choisis pour leurs cheveux en bataille et leurs tenues extravagantes, dont la compétence en matière littéraire était égale à la mienne, qui avaient eu le mérite de publier chacun un obscur et salace journal intime que personne n'avait lu, qui, pas plus que moi, n'avaient lu les livres qu'ils se chargeaient de chroniquer, mais dont les choix (les *coups de cœur*) étaient plus arbitraires encore que les miens, paradoxalement parce que ces choix ne dépendaient pas d'un hasard total (j'ai une chronique à faire, c'est quoi le livre que tu es en train de lire ; la fille qui a écrit ça a un cul pas possible, etc.). Je les aimais bien. Il m'arrivait d'emmener l'un ou l'autre à la mer, dans ma Volvo décapotable. J'avais l'impression que la vie ne pourrait jamais rien me donner de plus.

Je songeais à publier un recueil de mes opinions sur la littérature mondiale. Je connaissais Gérard Depardieu. Je laissais planer avec délices toutes les rumeurs possibles concernant ma véritable sexualité. J'hésitais à acheter un chat. Je possédais trois paires de mocassins John Lobb et j'avais annoncé la mort officielle de la littérature postmoderne.

Il faut aussi me faire ce crédit que j'avais un talent particulier pour sentir l'air du temps (que je déclarais, au gré de mes humeurs, nauséabond, léger ou raréfié). J'ai eu tôt fait, par exemple, de diagnostiquer que, dans cette époque qui voyait ses vieux repères éthico-religieux voler en éclats (c'est le titre de l'une de mes dernières émissions : *L'éclatement des repères éthico-religieux*), il y avait besoin d'un *supplément de pensée*. Aussi bien me suis-je mis en tête d'inviter non plus seulement des écrivains ou d'autres critiques littéraires, mais des *penseurs*, c'est-à-dire des gens qui pouvaient donner une opinion définitive sur la modernité dans un temps compris entre 2 min 45 et 3 min. Et il y en avait beaucoup, dont il semblait que la faculté de penser avait été adéquatement calculée pour le format télévisuel. J'ai eu certes quelques ratages, comme lorsque Derrida s'était mis de façon irresponsable à vouloir expliquer ce qu'était la métaphysique de la présence ou lorsque Lévi-Strauss, que je savais pourtant suffisamment vieux et fatigué pour ne pas faire des réponses trop longues, avait émis le désir d'évoquer le structuralisme. Moments pénibles, mais qui m'ont rendu plus exigeant sur la qualité de mes invités et la sélection des penseurs du temps présent. Le recadrage a été assez rapide, aidé que j'étais par mes critiques attitrés qui savaient, eux, où trouver les vrais penseurs — c'est-à-dire sur le plateau des émissions concurrentes.

Je me montrais, moi aussi, de plus en plus préoccupé par l'avenir de l'Occident, j'employais désormais des mots comme *nihilisme*, *égalité sexuelle* ou *réchauffement de la planète*.

C'est l'époque de cette photographie où l'on me voit assis dans mon bureau de travail, entouré de centaines de livres, essentiellement des exemplaires de service de presse. Je m'étais mis à fumer la pipe. C'est, si je ne me trompe, la dernière photographie qui a été prise de moi.

Et puis il y a eu cette interview.

Ce jour-là, je portais un costume d'une sobriété impeccable et une pipe en terre de bruyère. J'avais le soir même rendez-vous avec une chroniqueuse postulante. Je sentais bon.

J'avais décidé que cette émission serait consacrée à Dieu, mais dans une conversation de bon aloi, refusant l'érudition austère et les bavardages de spécialistes. L'invité était idéal pour cela, je le connaissais personnellement et j'avais pu mesurer ses compétences philosophiques parce qu'il fréquentait le même restaurant que moi. Il avait des idées très claires et très profondes sur Dieu, sa mort, l'avenir de la religion. Un esprit libre, comme il se plaisait à le répéter lui-même sur toutes les chaînes de télévision, sans compromis, dégagé des préjugés mortifères de la religion, et qui n'hésitait pas à dire tout haut, au mépris de tous les dangers, ce qu'il pensait de saint Paul. En outre, il avait le bon goût de ne pas se perdre dans les détails philosophiques, ces byzantinismes insignifiants qui font croire qu'il y a une infinité de différences entre les philosophes, alors qu'à bien y regarder on peut facilement distinguer les bons et les mauvais, les progressistes et les obscurantistes, ceux qui nous veulent du bien et ceux qui nous font chier. Comme d'habitude il était venu armé de multiples indignations. Il venait faire la promotion de son dernier livre.

Ayant mis au point, à l'avance, le jeu des questions et des réponses, je n'ai bientôt plus prêté attention à ce qu'il disait et je m'attardais davantage sur la question de savoir où il avait acheté sa chemise. (Pouvoir m'acheter de telles chemises, m'avait-il confié dernièrement au restaurant, qui assurent un succès presque immédiat auprès des filles, c'est la raison première de ma vocation philosophique, la seconde étant de vouloir libérer l'humanité des mensonges qui l'oppriment.) Lorsque, soudain, j'ai subi un choc de plein fouet. Il s'est passé quelque chose de totalement inattendu : *j'ai entendu une voix.*

Et cette voix m'a dit, très distinctement : *qu'est-ce que tu fous ici ?*

Le choc a été tel que je me suis redressé brutalement, envoyant valdinguer toutes mes fiches. Je me suis tourné vers mon invité que mon violent mouvement avait coupé net en plein milieu d'une phrase (il faut bien dire la vérité, même si ça peut faire grincer des) et qui fixait maintenant sur moi des yeux ahuris. Puis je me suis tourné tour à tour vers chacun de mes chroniqueurs stupéfaits et figés.

Il y a eu un blanc.

Un silence qui a duré quelques secondes, effroyable. De nouveau, je me suis retourné vers mon invité et, ayant totalement oublié que j'étais à l'antenne, comme on dit, je lui ai demandé : qu'est-ce que tu viens de dire ?

Après un bref moment de surprise pendant lequel il a cherché à son tour le regard des chroniqueurs, il a esquissé un sourire, a toussoté et a repris : je disais qu'il faut bien dire la vérité, même si ça peut faire grincer des. Non, non : avant ça.

De nouveau, un blanc.

Les chroniqueurs, maintenant, regardaient dans tous les sens, complètement affolés (l'émission était, comme chacun s'en souvient, en direct et en public). Mais à l'instant même, j'ai compris que ce n'était pas lui qui avait parlé, que cette voix venait d'autre part et même pas du public. Un instant j'ai été saisi d'une très courte mais très intense terreur. Juste un instant. Après quoi, je me suis ressaisi. Laisse tomber, lui ai-je dit, continue ton speech. Plutôt ébranlé, il a repris tant bien que mal le fil de son propos, oui, une vérité qui fera peut-être grincer des. Mais c'est à ce moment-là que s'est faite la véritable révélation. C'est comme si les écailles me tombaient des yeux, un ébranlement gigantesque de toute ma personne. Je l'ai vu articuler : oui, une vérité qui

— et j'ai eu soudain la certitude, absolue, apodictique, la certitude cosmique, que *ce type était un abruti*, le plus sinistre, le plus pathétique imposteur que l'ère du vide avait jamais produit et en même temps l'un de ces chéfaillons autoproclamés, mégalomanes et narcissiques, de cette cohorte toujours grandissante de gommeux satisfaits à qui j'offrais depuis des mois, moi et quelques autres, le gîte et le couvert honorifiques. Et, sous le coup de cette découverte éclatante, j'ai eu le sentiment de déclarer à haute voix (je ne sais toujours pas si je l'ai fait *en réalité*) : mais qu'est-ce que je fous ici ? La fin de l'émission a été un désastre.

III

Qui avait parlé, dont j'avais répété mot pour mot les paroles bouleversantes ? J'ai quitté le plateau comme un somnambule, totalement indifférent à ce qui pouvait se passer autour de moi, sans même dire au revoir à celui que désormais je ne nommerais plus intérieurement que l'Abruti. Je suis rentré chez moi, bouleversé, oubliant le rendez-vous du soir avec la chroniqueuse postulante, ne pouvant me nourrir de toute la soirée que d'une boîte de sardines à l'huile — ce qui a été le début historique de mon ascèse.

J'avais d'abord envisagé que cette voix mystérieuse était celle d'Ernest Hemingway lui-même. Il m'avait en effet semblé lui reconnaître un léger accent étranger. Mais j'ai dû abandonner cette hypothèse : comment Ernest Hemingway aurait-il pu me faire un tel reproche (car cela sonnait bel et bien comme un reproche), alors qu'il me devait tant (et réciproquement) ?

À n'en pas douter, c'était un avertissement, quelque chose entre la voix du Commandeur et la chute de cheval de saint Paul. Dans cette phrase laconique, il y avait une remise en cause totale, révolutionnaire, de mon existence présente, l'indication d'une conversion nécessaire. Alors j'ai pensé à Dieu.

Évidemment, le fait qu'Il s'adresse à moi dans une émission qui Lui était consacrée ne pouvait que renforcer cette hypothèse. D'ailleurs le vide glaçant que ces paroles avaient soudainement découvert en moi l'accréditait, car c'était bien l'inanité de toute mon existence, qui apparaissait crûment dans ces paroles. Je me suis interrogé en mastiquant mes sardines : cherches-tu Dieu ? Est-ce le manque de Dieu que tu éprouves ainsi ? Mais la réponse m'est venue immédiatement et elle a clairement été : non. Alors je suis allé me coucher. Mon sommeil, curieusement, a pourtant été paisible.

Dans les jours qui ont suivi, j'ai compris que la question de savoir *qui* avait parlé était peut-être futile. Essentielle, en revanche, était celle de savoir *à quoi* j'aspirais. Les premiers effets ont essentiellement revêtu une tournure négative mais très stimulante : au bout d'une semaine, j'ai revendu ma Volvo décapotable. Ç'a été ma première victoire et le premier signe d'un bouleversement spirituel qui n'a peut-être d'équivalent que celui d'Ignace de Loyola (que j'ai lu un peu plus tard, à un moment où je croyais tout de même être appelé à une vocation religieuse). Quant à ma démission de la télévision, dont l'annonce, on peut le dire, a bouleversé longtemps (un mois) la vie culturelle en France (et aussi en Belgique, où j'étais très regardé), je dois dire que je l'ai plutôt bien négociée financièrement : ma conversion en marche ne m'avait tout de même pas fait perdre toute lucidité. Ils m'ont remplacé par l'un de mes chroniqueurs, évidemment le plus mauvais, qui s'est depuis illustré, hors antenne, pour avoir écrit le scénario de l'adaptation musicale d'*À la recherche du temps perdu*. Je suis parti avec un pactole raisonnable, de quoi préparer en douceur ma vocation ascétique. Par la suite, comme chacun sait, j'ai également revendu mon appartement pour m'installer sous un autre nom dans un très modeste quartier, près des voies de chemin de fer de la gare du Nord. C'est depuis cet appartement que je rédige ces quelques lignes.

Or, si j'étais bel et bien en voie de conversion,

je ne savais toujours pas *à quoi*. Comme je l'ai dit, la vocation religieuse m'a effleuré l'esprit. Malgré mes doutes (et le fait que je ne croyais pas en Dieu, par exemple, mais on peut s'arranger), j'ai voulu persister un moment dans cette direction. Et c'est alors qu'est intervenue la *seconde révélation*.

Je m'étais résolu, comme je viens de le dire, à une vie de plus en plus ascétique et passais désormais le plus clair de mon temps dans mon appartement. *Je m'étais mis à lire.* Si je n'avais pas décidé de me retirer définitivement du monde, je n'aurais de cesse que de prêcher la lecture dans tous les lieux publics : on n'a pas idée de l'intérêt qu'on peut y trouver. Une vraie découverte. J'ai lu deux romans d'Ernest Hemingway, d'un bout à l'autre. C'était une manière de rendre hommage à celui qui avait donné un coup de pouce si déterminant à ma carrière, au moment même où je l'abandonnais sous l'impulsion d'une nouvelle voix. Mais vers quoi me diriger maintenant ? Vendre ma voiture n'était pas suffisant, habiter dans ce quartier miteux n'était pas suffisant.

Comme j'avais à la fois découvert la lecture et un besoin spirituel que je n'arrivais pas bien à nommer, je me suis mis à lire Ignace de Loyola et Jean de la Croix.

Un échec. Un échec qui a tempéré d'ailleurs un bout de temps mes ardeurs de néophyte pour la lecture. Mais ce fut durant l'une de ces fastidieuses lectures que se produisit cette seconde révélation. Car, de nouveau, la voix s'est fait entendre.

J'étais assis dans un fauteuil vétuste, face à la fenêtre qui donnait sur les toits, le livre des *Nuits* dans les mains, quand j'ai entendu : *Ce n'est pas ici qu'il faut chercher.* J'ai très bien compris la phrase. Alors, d'un geste que j'ai personnellement trouvé à la fois très solennel et plein d'à-propos, j'ai jeté loin dans la pièce le livre de Jean de la Croix. C'en était définitivement fini de ma vocation religieuse.

Or, cette fois, malgré le caractère une nouvelle fois laconique de l'injonction, malgré sa tournure une nouvelle fois négative (car, la première fois, c'était une façon de me dire que je ne devais pas être là où j'étais), j'ai mis peu de temps à comprendre. Il m'a suffi de me souvenir qu'elle s'était manifestée la première fois lors de l'interview avec le guignol qui se prétendait philosophe. Maintenant, elle m'avertissait de m'éloigner de la religion. Ma vocation, je ne pouvais plus en douter, c'était la *philosophie*.

Tout est devenu clair, je me suis mis devant ma fenêtre, j'ai respiré profondément. J'étais appelé à la philosophie. Je me suis senti très seul à cet instant et je me demande même si je n'ai pas éprouvé un léger mouvement de recul intérieur devant ce qui s'ouvrait à moi — mais c'est toujours ainsi quand on devient philosophe.

C'est de ce moment que date le dernier coup de téléphone qu'on connaisse de moi : j'ai appelé mon père et je sais qu'il est allé le répéter, parce qu'on en a parlé à la télévision dans le cadre de l'affaire de ma mystérieuse disparition — c'est d'ailleurs, à ce qu'il me semble, la dernière fois qu'on a parlé de moi. Mon père, qui tourne en rond depuis que ma mère l'a quitté, n'a jamais raté une occasion de transmettre des informations sur moi (passées ou présentes) et le fait qu'il m'ait promis, au cours de notre conversation, de n'en parler à personne ne l'accable pas beaucoup plus, parce que je savais pertinemment qu'il serait incapable de tenir sa promesse. D'ailleurs, je me suis gardé de lui révéler où je m'étais installé, et sous quel nom. À vrai dire, je me suis gardé de lui expliquer quoi que ce soit de précis — simplement que j'allais bien, qu'il n'avait rien à craindre (de toute façon, il s'en foutait : ce qui le préoccupait, c'était le fait de savoir si maman allait revenir un jour et, en fait, c'est la première phrase qu'il m'a dite : tu sais, elle n'est pas revenue — avant même de me demander si ça allait bien, de me demander ce que, bon Dieu, j'étais devenu, avant même de manifester la joie qu'il aurait pu avoir à m'entendre), mais que, non, je n'étais pas près de revenir à la télévision.

Je ne sais pas vraiment pourquoi j'ai passé ce coup de téléphone, sans doute pour entendre une dernière fois une voix qui appartenait à ma vie d'avant, un dernier fil à trancher. Ç'a été le dernier signe tangible que j'ai envoyé à la société des hommes à laquelle j'avais appartenu. J'ai dit : au revoir, papa, très poliment, comme si je partais en colonie de vacances. J'ai su à ce moment précis que je venais de cesser d'être des leurs et que même la société réduite de mes voisins d'immeuble serait une société encore trop nombreuse — car la philosophie exigeait une solitude complète et irrémédiable.

À partir de ce moment, ma vie se confond avec la philosophie elle-même, c'est-à-dire avec les livres. Par conséquent, dans cette dernière explication que je donne au monde, je ne me bornerai plus qu'à fournir une liste non exhaustive de livres : le reste de ma vie se trouve désormais *dedans*. J'ai acheté tous ces livres avant de m'enfermer et de disparaître de la manière suivante :

IV

Montaigne, *Les essais*. Dans la solitude complète qui est devenue la mienne, ayant rompu les amarres avec le commerce des hommes, Montaigne a été le premier homme à me parler — et il reste d'ailleurs le seul homme avec qui je parle. Il m'a enseigné beaucoup de choses contradictoires. Mais c'est au cours de l'une de ces libres conversations que j'avais avec lui trois fois par semaines (le mardi, le jeudi et le samedi) que j'ai découvert que j'allais mourir — chose qui ne m'avait pas effleuré un instant pendant plus de quarante ans. Cette découverte a certes été pénible, mais j'ai finalement compris « qu'un quart d'heure de passion ne nécessite pas de dispositions particulières ».

J'ai dit en commençant que ma vie avait été sauvée : il faut préciser qu'elle a été sauvée parce que brutalement frappée du sceau de l'irréversible et de la fin. Par contrecoup, évidemment, ma vie d'avant m'a paru un peu futile. J'ai eu pitié de moi parce que je me suis vu, à cette époque, en proie à la plus terrible des peurs, mais, par ignorance, incapable de nommer cette peur, ce que je peux faire désormais. Il n'y a pas plus de sens maintenant, mais, maintenant, *je sais* que la vie n'a aucun sens.

Sous l'impulsion de Montaigne, j'ai aussi repeint le plafond de mon appartement.

<u>Kant, *Critique de la raison pure*</u>. Ma nouvelle vocation philosophique a connu des hauts et des bas. Kant a été un pénible moment à passer. Il faut le dire : la possibilité des jugements synthé-

tiques *a priori* ne m'avait pas jusqu'à présent vraiment tourmenté.

Évidemment, la découverte que l'espace et le temps n'appartiennent pas aux choses elles-mêmes, mais relèvent de notre faculté réceptive, a provoqué chez moi un vertige assez désagréable : j'ai eu quelque mal à me déplacer dans mon appartement durant cette période, les objets bougeant en même temps que moi — mais je crois que c'était aussi dû à mon régime alimentaire.

Néanmoins, j'ai poursuivi ma lecture de Kant (je n'ai pas tout compris) jusqu'à ce que j'apprenne, entre autres, qu'il ne serait jamais possible de se prononcer définitivement sur l'existence de Dieu. Cette certitude (de devoir demeurer dans une incertitude définitive) a achevé de balayer en moi tout espoir concernant ma vie future, et ça n'est pas plus mal : ça fait toujours ça de moins à penser.

En hommage à cette lecture qui a été pour moi une véritable épreuve, je baptiserai ma conversion : *révolution copernicienne*, parce qu'il me semble que c'est bien ce à quoi j'ai procédé sans le savoir. En un sens, en effet, tout était devenu trop compliqué dans ma vie d'avant, les mouvements des gens autour de moi, les épicycles de l'argent et de la notoriété toujours plus complexes, toujours plus difficiles à refermer et à calculer. Tout cela valsait autour de moi. Tout était devenu trop compliqué, parce que je n'étais pas situé à la bonne place pour l'apprécier, qu'il fallait donc que je pratique un changement radical de point de vue, une *révolution*. À partir de là, tous ces mouvements (qui, de toute façon, m'étaient devenus étrangers) s'expliquaient plus aisément. Une fois procédé à ce changement (comme Copernic a mis le soleil au centre du système, et non plus la terre), ces épicycles très compliqués (des choses, des gens, des paroles, des espoirs, des insultes, de l'argent) se muaient en ellipses régulières et harmonieuses — mais qui désormais tournaient à une infinie distance de moi. Le monde était devenu simple — mais vraiment très, très loin.

<u>Platon, *Phèdre*</u>. Je commençais à parler tout seul, mais ça ne me posait aucun problème. La discussion se faisait désormais entre moi et ce fourmillement d'interlocuteurs que je découvrais à chaque page, même s'ils semblaient toujours répondre à des questions que je ne leur posais pas. Or j'ai fait une découverte capitale, qui a mis un point final à mes spéculations au sujet de la voix qui m'avait parlé par deux fois. J'ai compris en effet dans un éclair fulgurant que cette voix était celle du *démon de Socrate*.

Vingt-cinq siècles plus tard, il s'était de nouveau manifesté. Et c'était à *moi* qu'il avait choisi de se manifester. Les indications fournies par

Socrate lui-même dans le *Phèdre* le prouvent de manière irréfutable. Par exemple, il signale que ce génie particulier, qui oriente la pensée et l'inspire, ne peut s'exprimer que de manière *négative*, qu'il ne fait que défendre ou indiquer ce qu'il ne faut pas faire, or c'est précisément de cette manière que s'était exprimée la voix qui, par deux fois, m'avait parlé. Et d'ailleurs, comme on s'en souvient, j'avais tout de suite relevé qu'elle avait parlé avec un accent étranger : c'était du grec. Toute autre hypothèse, et notamment celle fondée sur une explication de type bêtement psychologique, insinuant que c'est simplement ma propre voix intérieure que j'ai entendue à ce moment, est dérisoire et évidemment fausse. Mais parce que ce type d'interprétations très pauvres est le plus répandu, je tiens une dernière fois à marquer ce qu'il en est : *je ne me suis pas parlé à moi-même, c'est le démon de Socrate qui, en personne, m'a parlé*, ce qui s'explique aussi, évidemment, par le fait que je me suis mis presque immédiatement à philosopher. Je ne vois pas ce qu'il y a de délirant là-dedans : il y a bien des gens qui régulièrement envisagent que le Christ est revenu sur terre quelque vingt siècles après sa mort et sa résurrection — et je ne parle pas seulement de Dostoïevski. Lors d'une de mes rares et ultimes conversations avec un être vivant, mon voisin de palier en l'occurrence, qui rentrait de faire ses courses avec son chien Floc et que j'ai rencontré au moment où j'étais en train de poser deux verrous supplémentaires à ma porte (pour des raisons que j'évoquerai un peu plus loin), j'ai clairement affirmé cette explication et le fait qu'il m'approuve sans réserve (sans parler aussi, il s'est contenté de me regarder, mais je voyais bien qu'il m'approuvait), une fois que je lui ai bien expliqué de quoi il retournait, en confirme le bien-fondé.

C'est aussi au cours de cette période et de cette lecture que j'ai décidé de ne rien *écrire*, comme Socrate lui-même refusa de le faire — quelle que soit la profondeur de mes découvertes philosophiques. L'explication que je donne ici est la seule exception que je me suis autorisée à ce propos. Je me contente d'ailleurs de ne retranscrire que les choses les plus insignifiantes, c'est-à-dire celles qui concernent mon existence *anecdotique*, et non pas mon existence *philosophique*. Je ne confie donc à l'écriture que la part la plus accidentelle de mon existence, et non pas sa part nécessaire et éternelle constituée des *idées* que j'ai découvertes (j'ai lu Spinoza, aussi),

Leibniz, *La monadologie* à l'exception de mon interprétation nouvelle de la *Monadologie* de Leibniz, juste pour donner un exemple et simplement dans la mesure où elle a encore un petit quelque chose à voir avec ma vie anecdotique et plus particulièrement avec mon ancienne profession.

Il me paraît en effet évident que la définition leibnizienne, en 1714, de la *monade* comme élément premier de l'être (point de vue singulier, clos, contenant virtuellement en lui la totalité de ses mouvements passés, présents et à venir, chaque monade exprimant, à partir de son point de vue propre, l'infinité du monde sur une échelle continue du plus clair au plus confus, c'est-à-dire l'infinité des autres points de vue) est, très exactement, la *définition de la télévision*, espace dans lequel la totalité du monde se reflète, mais selon des degrés de clarté variables. Aussi bien peut-on conclure logiquement que *la télévision constitue la structure fondamentale de l'être*. Je n'évoque cela qu'en passant, et de manière assez désinvolte, pour les raisons que j'ai évoquées plus haut. Je ne tiens pas à écrire un traité là-dessus (je laisse ce soin à d'autres). Je signale simplement ce que désormais tout le monde aura compris aisément : que cette révolution copernicienne à laquelle j'ai procédé et le fait que ce soit à *moi* que le démon de Socrate, c'est-à-dire la Philosophie elle-même, ait décidé de s'adresser, découlent directement de ma place particulière dans le monde à ce moment-là, à savoir dans la télévision, c'est-à-dire en contact direct avec la structure fondamentale (télévisuelle) de l'être.

On a insinué que ma disparition exprimait une protestation véhémente et radicale contre le monde contemporain. Le fait que je revende ma Volvo puis mon luxueux appartement a, semble-t-il, été interprété dans ce sens. Rien n'est plus faux, je tiens à le dire ici une dernière fois. Ma vocation philosophique nouvelle ne représente en rien une protestation réactionnaire contre le déclin supposé de notre civilisation, contre la société de consommation, contre le règne tout-puissant de l'argent et de la bêtise, de l'imposture, de l'individualisme catastrophique, contre la superficialité de l'époque, contre l'effondrement des valeurs, ni contre l'influence délétère exercée par l'extension universelle de la télévision et de la technique en général. C'est même tout le contraire : si j'ai quelque jugement à porter, en ma qualité de philosophe, sur la société contemporaine, il consisterait plutôt à affirmer principalement que, jamais, notre époque n'a été aussi *proche de la vérité*, ni l'humanité aussi proche de réaliser son destin. Mon retrait complet à l'égard de ce monde, que j'ambitionne de comprendre intégralement (on voit que j'en ai les moyens), ne répond pas à une autre exigence que celle, justement, de devoir le *penser* et de penser l'arrivée d'un Homme nouveau — au prix même de ma propre existence.

Nietzsche, *Ainsi parlait Zarathoustra*. Car, en fin de compte, mon destin a consisté à gagner un endroit retiré (mon appartement près des voies ferrées) et élevé (en hauteur, donnant sur les toits), à partir duquel je puisse élaborer cette pensée radicalement nouvelle en vivant à l'écart de toute société, non pas un simple ermitage mais un sommet et un antre. La tentation a été grande, évidemment, de regagner prématurément la société des hommes avant d'avoir pensé jusqu'au bout, et de m'adresser à eux, même partiellement, impatient que j'étais de leur faire part de mes premières découvertes — aussi parce que cette solitude a été quelque chose de très éprouvant psychiquement au début et menaçait de me porter sur le système —, plus simplement aussi, parce qu'il y avait des fois où je serais bien allé me taper une bière au café du coin.

Alors, pour résister à cette tentation, pour rester au sommet, comme Zarathoustra, j'ai imaginé le dispositif suivant. J'ai commandé par Internet un stock considérable de victuailles, de quoi tenir le temps nécessaire en respectant une discipline très sévère. Après quoi, j'ai posé moi-même une série de verrous sur ma porte d'entrée, non pas à l'intérieur, mais à l'*extérieur*, et j'ai demandé à un autre de mes voisins, celui qui s'occupe des insectes ou je ne sais quoi dans ce genre (les gens feraient n'importe quoi pour éviter de faire de la philosophie), de m'enfermer de l'extérieur en tirant les verrous. Nous sommes convenus d'un signal que je lui adresserais en temps voulu, le jour où j'aurais décidé de quitter ma retraite et de redescendre parmi les hommes. Le signal ne servirait qu'une fois, quand je serais vraiment sûr. Pour prix de son dévouement, je l'ai assuré d'une petite rente mensuelle contre la promesse qu'il ne déménagerait pas avant quelques années et en l'avertissant que ce signal, auquel il devait répondre immédiatement, pouvait intervenir à n'importe quel moment. Après quoi, il m'a enfermé chez moi. J'ai craint parfois que cette pensée ne me brise. Mais le temps vient.

Schopenhauer, *Le monde comme volonté et comme représentation*. Ma santé a commencé à décliner rapidement, en raison probablement de ma sous-alimentation chronique et de mon manque d'exercice physique : maux de tête, vertiges, baisses de tension prolongées, hallucinations, escarres. Quelque chose s'éteignait en moi. En même temps, je sentais que ma pensée embrassait un espace toujours plus vaste, que ses contours s'illimitaient et perçaient le voile d'illusions qui masquait, sous des apparences discontinues, l'unité de la totalité. Comme je me déplaçais de moins en moins, mes mouvements étant le plus économes possible, la résistance des choses, leur différence d'avec moi, devenait de moins en moins perceptible. On pourrait croire que j'ai versé alors dans un mysticisme délirant qui menaçait depuis le début. C'est inexact, d'abord parce que ce que j'ai découvert n'est en rien conforme à la vision des mystiques, ensuite parce que, malgré ma santé déclinante, j'ai quitté cet état proche de l'anéantissement : il y a eu en effet un dernier moment décisif.

Nietzsche, *Crépuscule des idoles*. Premier avertissement : Nietzsche signale que les idées viennent *en marchant*, et il fustige (notamment à propos de Flaubert) les « culs de plomb », ceux qui restent vissés à leur chaise. J'ai quitté mon fauteuil.

Diogène Laërce, *La vie des philosophes illustres*. Le démon de Socrate ne s'est plus jamais manifesté à moi, mais ce n'était plus nécessaire. J'ai acquis la certitude que, vingt-cinq siècles plus tard, j'achevais ce qui avait commencé, au moment même où l'humanité parvenait à son stade ultime (Hegel a commis l'erreur de croire que c'était *lui* qui réalisait cet achèvement : tout prouve le contraire, notamment le fait que le démon de Socrate ait parlé *après* lui et se soit adressé à *moi*). J'ai compris que je devais être le nouveau Socrate et cela s'est confirmé dans ma décision de quitter mon immobilité, de me remettre en marche, car Socrate a bien montré que philosopher et déambuler, c'est la même chose. Bien plus, il fallait me remettre en marche vers les hommes, redescendre.

Il était donc temps de faire signe à mon voisin, mais, en me replongeant dans la vie de Socrate pour me conformer au rôle que j'avais désormais à jouer, j'ai découvert au dernier instant un fait qui passe trop souvent inaperçu : non seulement Socrate marchait, mais il marchait *pieds nus*. C'est ainsi que je devais revenir parmi les hommes, même si ma santé devait en pâtir.

C'est donc très solennellement que j'ai quitté mes chaussures : non pas pour quitter le monde, mais au contraire pour y revenir, pieds nus et métamorphosé, pour revenir sans chaussures dans le monde. Cet acte est l'acte philosophique par excellence, pas du tout une lubie new age ou hippie.

J'ai donc pris ma dernière paire de mocassins John Lobb et, dans un geste ample qui décidait de toute ma vie (et du destin de l'époque), je les ai jetés par la fenêtre. Il s'avère que, par accident, l'une d'entre elles a atterri sur le toit d'en face, tandis que l'autre s'abîmait dans les profondeurs de la cour intérieure. Après quoi, j'ai envoyé le signal convenu à mon voisin, afin qu'il déverrouille ma porte.

Pas de réponse.

Nouvel essai. Pas de réponse.

Empédocle, *in* Diogène Laërce, *op. cit*. Il est désormais probable qu'il n'a pas tenu sa parole et a déserté les lieux sans m'en avertir (tout en continuant à toucher régulièrement le virement pratiqué par mes soins sur son compte). J'ai passé une semaine à répéter le signal (trois coups frappés dans le mur avec un intervalle de trois secondes entre chaque coup, le tout répété trois fois). En vain.

J'aurais plutôt dû demander au vendeur de photocopieuses, qui habite quelques étages plus haut : il devait être plus fiable, on disparaît moins vite avec une femme et deux enfants (il a une petite fille étrange, je me demande si elle n'est pas, elle aussi, visitée par un génie philosophique).

Je suis donc définitivement enfermé chez moi, malgré la nécessité impérieuse de regagner le monde. Comme ça fait longtemps que j'ai fait couper le téléphone, il m'est difficile de faire appel à un serrurier.

Inutile de dire que la situation m'a paru à la fois injuste, embarrassante et ridicule. J'en ai perdu un moment mon sang-froid, d'autant que mes vivres étaient épuisés. Mais, depuis, je me suis fait une raison. Plus précisément, j'ai compris la *nécessité* de cette situation. Elle est très claire. J'ai eu en effet la balourdise de croire que je pourrais quitter mon antre comme j'y étais entré, c'est-à-dire *par où* j'y étais entré. C'était totalement stupide. Il est évident que je ne dois pas repartir par le même itinéraire.

Quelle autre issue, alors, que la fenêtre ?

Je me suis donc résolu, malgré mes forces déclinantes, à quitter cet appartement par la fenêtre, afin d'entamer ma nouvelle pérégrination. Vu la hauteur de l'immeuble et vu mon état de santé, j'ai peu de chances d'en sortir vivant, mais je ne veux pas croire que le destin qui m'est réservé se termine aussi stupidement. Néanmoins, je rédige cette première et dernière explication, afin que, si je ne réapparais plus jamais aux yeux de mes contemporains, ils sachent exactement de quoi il retourne. De toute manière, ma disparition sera consommée, car si je réapparais effectivement à leurs yeux, je ne serai évidemment plus le même que celui que tous ont connu. Dans tous les cas, donc, j'aurai disparu.

Mais en plus de ces quelques pages que je laisse à l'intention de l'humanité, il demeure un signe de mon passage. Empédocle, le philosophe que ses contemporains considéraient comme un dieu, disparut, paraît-il, dans l'Etna au moment d'une éruption, ce qui me semble un gouffre à peu près équivalent à celui qui s'ouvre sous ma fenêtre.

Mais de ce philosophe quasi divin, le volcan recracha, dit-on, la sandale d'or. Or tandis que j'achève ces lignes, je vois très exactement en face de moi, de l'autre côté de la cour, ma chaussure, comme recrachée, à l'avance, par le gouffre de la cour sur lequel je vais me pencher. Comment douter, alors ?

Je pose donc le stylo et j'ouvre grande la fenêtre. Je quitte mon appartement.

5

L'élément tragique

Ah, fit le premier, le plus jeune, c'est horrible, qu'est-ce que ça pue. Le second, le plus âgé, lui fit signe de se taire. Ils progressaient avec hésitation sur le toit en zinc qui ne leur paraissait pas si solide et, surtout, particulièrement glissant après l'averse qui venait de tomber. Le premier, le plus jeune, découvrait qu'il avait le vertige et jetait à tout instant un regard angoissé en contrebas — ce qu'il faut précisément éviter de faire quand on a le vertige. Par-dessus la gouttière, on avait une vue plongeante sur la courée, cinq étages plus bas, les poubelles vertes et les poubelles jaunes, une bicyclette, un vieux tabouret et quelque chose qui devait être un ballon d'eau chaude hors d'usage abandonné là.

N'empêche, murmura le premier, le plus jeune, ça sent vraiment le rat crevé. Je ne comprends pas que les gens autour n'aient pas fait quelque chose. Si ça avait été moi. Ferme-la, interrompit à voix basse le second. Il continuait à marcher devant, suivant la crête du toit, s'appuyant chaque fois que c'était possible aux cheminées qui étaient disséminées çà et là. Et pour achever de faire taire le premier, il remarqua : si ça pue comme ça, c'est qu'on ne doit pas être très loin.

L'averse avait lavé le ciel, on ne voyait plus un nuage et il leur était facile de deviner où, devant eux, le toit s'arrêtait. À mesure qu'ils s'en approchèrent, ils ralentirent insensiblement, se courbant de plus en plus, moins pour assurer leur équilibre que par un absurde instinct de dissimulation. C'est quand même curieux, souffla le premier, le plus jeune, qu'on ne voie rien : on peut voir jusqu'au bout du toit et on ne voit rien. On s'est peut-être gourés, si ça se trouve. Et l'odeur, hein ? Tu trouves ça normal ? C'est peut-être effectivement un rat crevé, ou un pigeon mort, je ne sais pas, moi : c'est la première fois que je me balade sur un toit. C'est sûrement toujours plein de déchets, un toit. Ils se turent et, sur un geste du plus âgé, ils s'arrêtèrent.

Suspendant leur respiration, ils prêtèrent une oreille inquiète au silence environnant. Au bout de quelques instants, le premier, le plus jeune, toucha légèrement l'épaule du second devant lui : t'as entendu quelque chose ? Bon Dieu, tu peux pas la fermer ? De nouveau, ils prêtèrent l'oreille, mais on n'entendait que la rumeur étouffée de la rue, des cris lointains d'enfants qui devaient jouer au ballon sur la chaussée, un tintement de vaisselle provenant d'une fenêtre ouverte. Si jamais l'un de ces péquenauds passe le nez par la fenêtre, ne put s'empêcher de reprendre le plus jeune, et nous aperçoit, perchés sur le toit comme deux cons, on va avoir des problèmes. On aurait dû venir de nuit. Excédé, le plus âgé se retourna vers le premier : mais tu vas la boucler, oui ou non ? Tu tiens vraiment à ce qu'on se fasse repérer ? Il reprit son souffle : c'était comme s'il avait crié, mais à voix très basse. Pour ta gouverne, mon petit bonhomme, c'est mieux de venir de jour : d'abord parce que je n'ai pas envie de me casser la figure en n'y voyant rien et ensuite parce qu'on a quand même moins de risques de se faire surprendre. Visiblement, la logique du second argument n'avait pas réussi à convaincre le plus jeune, lequel fit une moue dubitative. On va faire une pause, reprit le second, le plus âgé, on va aviser : de toute façon, on est presque au bout du toit, il ne peut pas être très loin. Et ils s'installèrent un moment contre l'une des cheminées rectangulaires qui émergeaient, autant pour se remettre de leur progression que pour réfléchir. Le dos appuyé à la cheminée qui leur masquait le bout du toit, ils replièrent les jambes et attendirent, le premier n'osant plus ouvrir la bouche, le second, le plus âgé, regardant dans le vide. Les minutes passèrent.

C'est curieux, finit par remarquer le premier, le plus jeune, toutes ces fenêtres d'appartement. Qu'est-ce qu'il y a de curieux là-dedans ? Toutes ces vies différentes qui se cachent derrière ces vitres. Je me demande ce qui s'y passe. Machinalement, ils se mirent à scruter la succession des petites fenêtres qui leur faisaient face, de l'autre côté de la courée. Il y avait des balcons fleuris, certains avec des géraniums, d'autres avec des plantes en plastique dont la couleur s'était délavée sous l'effet des averses successives. On voyait sécher du linge, et des fils couraient d'un appartement à l'autre sans que l'on pût savoir quelle pouvait être leur fonction. T'as vu ? Celui-là, il a coincé une roue de vélo sur son appui de fenêtre. À quoi ça peut servir, une roue de vélo sur un appui de fenêtre ? L'autre ne répondit pas, il continuait à inspecter avec distraction chacune des fenêtres. L'une d'elles était entrouverte et il put distinguer nettement une jeune femme noire penchée sur son évier, occupée à faire la vaisselle. En tout cas, reprit le premier, elles sont toutes un peu miteuses, ça sent pas vraiment le fric, par ici. Le second, le plus âgé, le regarda et poussa un soupir de lassitude. Au cas où t'aurais pas remarqué, on n'est pas à Neuilly, ici. On est dans ce qu'on appelle pudiquement un quartier populaire. Tu t'attendais à voir pendre des carrés Hermès aux fils à linge ? Ils abandonnèrent leurs observations sociologiques.

Bon, il faudrait bouger, quand même, fit remarquer le plus âgé. Mais l'autre regardait toujours du côté des façades de l'immeuble. Quand j'étais môme, chez moi aussi, il y avait une fenêtre, comme ça, qui donnait sur la cour. C'était celle de la cuisine. De là je pouvais appeler les copains qui jouaient en bas ou qui voulaient monter. Et puis les filles aussi. Il y en avait toujours trois qui étaient assises sur les marches de l'immeuble d'à côté, je pouvais les voir. Je t'ai jamais raconté ça ? Il regardait maintenant dans le vague. En fait, j'étais amoureux des trois à la fois, enfin, les trois me plaisaient bien, et pourtant elles ne se ressemblaient pas du tout : il y avait une blonde, les deux autres brunes, et une plus âgée que les autres. Tous les matins, je décidais que j'avais enfin choisi laquelle des trois je préférais et, du coup, pendant toute la journée, je ne pensais plus qu'à elle, c'était comme si on était fiancés, l'affaire était conclue (alors qu'elles ne me connaissaient même pas, ne m'avaient même pas remarqué). Mais le soir, en revenant de l'école, je les voyais de nouveau assises toutes les trois sur les marches, à papoter, à rire (j'étais sûr que c'était des conversations très importantes, pas du tout comme celles que j'avais avec mes copains) et ça me troublait. Je me disais : non, en fait, ça ne peut pas être celle-là, l'autre a une frange beaucoup plus sexy ou alors des chaussures qui font très femme, etc. Et paf, de nouveau, je ne savais plus. Et du coup, le matin suivant, je recommençais : ça y est, j'étais décidé, et ça repartait. C'est con, non ?

Le second, le plus âgé, leva un sourcil pour lui signifier qu'il était au-delà de tout jugement moral, ou plutôt en deçà, parce qu'il trouvait cette histoire totalement dénuée d'intérêt. Et tu sais quoi ? reprit le premier, que l'indifférence du second n'avait pas désarmé, eh ben, je faisais aussi un rêve, très souvent, en rapport avec ça. C'est curieux, je n'ai jamais raconté ça à personne, un rêve dans lequel elles étaient toutes les trois en face de moi et, tiens-toi bien, *complètement nues*. Et alors, tu sais ce qui se passait ?

Mais le second, le plus âgé, n'avait aucunement l'intention de lui demander ce qui se passait, il était plutôt occupé à se pencher pour scruter, par-delà la cheminée, comment se présentait la situation. Eh bien, reprit le plus jeune, imperturbable, c'était *elles* qui me demandaient de choisir. C'est dingue, non ? Elles se présentaient devant moi, toutes nues, et elles me demandaient de choisir laquelle je préférais. Incroyable, non ? Et j'étais là, tétanisé, je les regardais tour à tour, et toutes les trois étaient superbes, toutes les trois désirables. Je devais avoir dix ou douze ans, je ne sais plus. Mais tu imagines ? Laquelle choisir ?

Laquelle ? Et en plus je savais qu'en choisissant l'une des trois j'allais rendre les deux autres malheureuses, parce que bien sûr, dans mon rêve, elles étaient toutes les trois amoureuses de moi. Laquelle choisir, dans ce cas ?

Le second, le plus âgé, se retourna vers le premier : écoute, c'est vraiment très émouvant, ton histoire, et franchement j'aimerais bien savoir laquelle des trois tu as choisie en définitive, mais là, on a un peu autre chose à faire, tu ne crois pas ? La colère commençait à l'empourprer. Tu vois ce que je veux dire, hein ? On n'est pas venus sur ce putain de toit glissant pour que tu me racontes tes rêves d'adolescent. Alors, on va se lever tout doucement, discrètement, on va contourner la cheminée et approcher du bout du toit, comme on avait prévu de le faire avant que tu te lances dans ton délire freudien, d'accord ? On va aller jusqu'au bout et régler cette histoire, et après, si tu veux, après, tu me noteras tout ça dans un petit carnet que je pourrai lire pendant les longues soirées d'hiver, O.K. ? Le plus jeune se contenta de hocher la tête et ils sortirent avec précaution de leur abri temporaire, presque en rampant.

Aucune, dit le premier, le plus jeune, après quelques minutes. Le second sursauta, interrompit sa progression (ils étaient quasiment à quatre pattes, ils sentaient sous leurs paumes la froideur humide et désagréable du zinc mouillé), et il se retourna vers le premier : quoi, aucune ? Aucune, reprit le premier, je n'ai choisi aucune des trois.

Le second, le plus âgé, lui adressa un regard totalement inexpressif, un regard de bœuf. Je te jure, je te jure que si tu la moules pas tout de suite, je te balance du toit, tu m'entends ? Je te mets ma main dans la gueule et je te balance du toit, vu ?

Mais c'est à ce moment-là qu'ils aperçurent, tout à l'extrémité du toit, devant eux, un objet qu'ils ne parvinrent pas à identifier tout de suite, quelque chose de noir, de pas très gros. C'est une chaussure, dit enfin le premier, le plus jeune. Ils s'approchèrent. Ce n'est pas une chaussure, rectifia le second, c'est *sa* chaussure. Elle était coincée dans la gouttière et paraissait avoir subi depuis un temps immémorial toutes les intempéries possibles : délavée, déformée, craquelée, elle avait pris une forme grotesque, comme si elle s'était renfrognée de colère. C'est dingue, ne put s'empêcher de faire remarquer le premier, le plus jeune, on dirait qu'elle fait la gueule, tu ne trouves pas ?

Ils regardaient tous les deux la chaussure, sans trop savoir quoi faire. En même temps, l'odeur nauséabonde qu'ils sentaient depuis qu'ils avaient gagné le toit s'était accentuée — mais elle ne provenait pas de la chaussure. Qu'est-ce que ça coince, dit le premier, le plus jeune, ça devient presque irrespirable. Mais le second, le plus âgé, paraissait complètement absorbé par la vision de la chaussure. C'est la sienne, dit-il, je la reconnais, il portait toujours des superpompes, des pompes de marque, très chères.

À cet instant, ils entendirent distinctement une voix forte, presque caverneuse, qui leur dit : si l'un de vous deux fait encore un mouvement, je l'allume.

Ils n'avaient pas remarqué que, sur le bord du toit, de l'autre côté, il y avait aussi une cheminée rectangulaire, exactement comme celle contre laquelle ils s'étaient appuyés quelques minutes auparavant. Manifestement, la voix provenait de là. Les deux hommes restèrent figés, plus par surprise que pour respecter l'injonction. Il y eut un court moment de silence, puis la voix se fit entendre de nouveau : c'est simple, si l'un de vous deux fait le moindre geste, je vous bute tous les deux, c'est compris ? Le second, le plus âgé, fut le premier à se ressaisir. Il cria en direction de la cheminée : fais pas l'imbécile, Philoctète, c'est nous.

On vit la tête de Philoctète apparaître sur le côté de la cheminée. Je sais bien que c'est vous, bande de nuls : je vous regarde arriver depuis une heure, là, à ramper comme des cafards sur le toit. T'es repérable à des kilomètres, Ulysse. J'aurais pu vous buter quinze fois. Et il pointait effectivement sur eux un fusil à pompe impressionnant qui avait l'air en parfait état de marche. Je vois, dit Ulysse, le plus âgé, pour détendre l'atmosphère, que tu as toujours l'arme du vieux, le mythique fusil à pompe. Oui, répondit Philoctète, pas détendu du tout, et il est chargé, et il te fera sauter la tête comme un bouchon, à toi et au crétin qui t'accompagne, si vous bougez. Le crétin en question n'avait aucunement l'intention de bouger, pas plus qu'Ulysse qui gardait toujours sa position de chien d'arrêt. Est-ce qu'on peut au moins s'asseoir ? demanda finalement Ulysse. On bouge pas, on veut juste s'asseoir. Philoctète acquiesça de la tête et les deux hommes se retrouvèrent assis en tailleur sur le toit en zinc, regardant avec méfiance Philoctète s'extraire de sa cachette, le fusil toujours pointé sur eux.

Lorsqu'ils aperçurent la jambe de Philoctète qui s'approchait d'eux presque en rampant, le plus jeune ne put s'empêcher de mettre sa main devant sa bouche en murmurant : putain, putain. La jambe n'était qu'une plaie infecte et suppurante, d'une couleur qui allait du violet au verdâtre en passant par le jaune, gonflée comme une aubergine pourrie. L'odeur était épouvantable. Bon Dieu, ta jambe, s'étrangla à son tour Ulysse, ta jambe. Et il ne put s'empêcher de presser sa main sur son nez, pour s'empêcher de respirer l'odeur effroyable qu'exhalait la jambe en putréfaction. Philoctète, avec des efforts qui devaient lui causer une douleur indescriptible, s'assit à son tour à quelques mètres d'eux. Eh oui, ma jambe, tu croyais peut-être que ça allait s'arranger tout seul ? Ulysse regarda le plus jeune, lequel ne pouvait détacher ses yeux de la jambe tuméfiée et suintante. Mais c'est sans doute parce que vous croyiez ça, parce que vous pensiez que ça allait s'arranger tout seul, ironisa Philoctète, que vous m'avez abandonné ici, bande de chacals. Vous vous êtes dit : pas de problèmes, les dieux viendront lui mettre du mercurochrome, on n'a pas besoin de rester là, on viendra le chercher quand tout ira mieux. C'est vrai, c'est comme ça qu'agissent les vrais amis, c'est bien connu : ils sont toujours là quand il s'agit de vous laisser dans le pétrin. Sois pas injuste, répondit finalement le plus jeune, faut comprendre aussi, moi. Toi, ta gueule, trancha Philoctète en pointant son fusil sur lui d'un air menaçant. Oui, il a raison : ferme-la, dit à son tour Ulysse avec lassitude. Et, se retournant vers Philoctète, il ajouta : t'occupe pas de lui, il est jeune, il parle à tort et à travers.

C'est qui, ce jeune con, d'ailleurs ? demanda Philoctète. Ulysse sentit que la situation changeait imperceptiblement. Néoptolème, le fils d'Achille. Le fils d'Achille ? Philoctète prit un air songeur. Sans vraiment s'en apercevoir, il avait posé son fusil à côté de lui et s'était appuyé contre la cheminée. Achille, voilà un type que je respecte, finit-il par déclarer. J'aurais préféré le voir, lui, plutôt que ta face de faux derche. Et qu'est-ce qu'il vient faire dans cette histoire ? C'est que, répondit Ulysse embarrassé, Achille, en fait, eh bien, comment dire, Achille s'est fait buter — et c'est son fils qui prend la relève. Buter ? Une expression douloureuse passa sur le visage de Philoctète, mais on ne savait pas si c'était l'annonce de la triste nouvelle qui produisait cet effet, ou simplement la plaie infecte qui gangrenait sa jambe. Tu souffres beaucoup ? se risqua à demander Néoptolème. L'autre le fixa. Pas du tout, une vraie partie de plaisir, tu vois pas ? Je tiens une forme olympique. Il y eut un lourd silence. Néoptolème faisait des efforts désespérés pour ne pas vomir, tant l'odeur et la vision de la jambe pourrie lui soulevaient le cœur.

Tu es resté ici tout ce temps ? demanda Ulysse. Et qu'est-ce que tu crois que j'ai fait ? Que je suis allé aux fraises ? De toute façon, c'est bien ce que vous aviez dans l'idée, toi et toute la clique : me laisser là à pourrir, n'est-ce pas ? Enfin comprends-nous, reprit Ulysse, qu'est-ce que tu voulais qu'on fasse ? Il fallait se dépêcher, tu ne pouvais plus avancer. Et puis, dans ton état, tu ne pouvais plus faire le coup avec nous. Ça aurait été dangereux, et pas seulement pour nous, pour toi aussi. T'aurais fait comment, au moment de te carapater ? Et tu te vois, claudiquant, en train de braquer cette banque ?

Philoctète eut un rire nerveux : quel hypocrite tu fais, Ulysse, tu changeras jamais, toujours avec tes discours. Je dois en conclure que c'est pour mon bien que vous m'avez laissé crever sur ce toit ? Que c'est pour m'épargner la mort, que vous me laissez mourir ? Tu me prends vraiment pour une truffe. Qu'est-ce qui vous empêchait de me mettre à l'abri quelque part ? Je croyais qu'on était une bande, tous unis, et bla-bla, à la vie à la mort, c'est bien ce que vous disiez, non, toi, les Ménélas, les Agamemnon (qu'il crève), avec vos beaux discours, au moment de nous embarquer dans cette histoire ? Mais à la première anicroche, ciao, plus personne, tout le monde se fait la malle en me laissant là, avec ma jambe. Tant qu'à faire, vous auriez dû m'achever.

C'est vrai que ça doit faire drôlement mal, ne put s'empêcher de remarquer Néoptolème. Philoctète lui lança un regard à la fois consterné et plein de mépris, puis se retourna vers Ulysse : t'es vraiment sûr que c'est le fils d'Achille, celui-là ? Quand on pense à ce qu'était son père. Puis il regarda sa jambe avec un air consterné : ça a tellement gonflé que j'ai dû balancer ma chaussure, des pompes à trois mille balles.

Ah là là, soupira Ulysse, s'il n'y avait pas eu ce clébard. Philoctète se redressa à moitié : que ce clébard m'ait à moitié bouffé la jambe, c'est une chose ; que vous me laissiez tomber, c'en est une autre, tu permets, ne mélange pas tout. Et d'ailleurs, si on n'était pas passés par ce jardin pour gagner du temps, en sautant la haie, alors que j'avais déconseillé de le faire, le clébard en question aurait continué à dormir paisiblement, sans se soucier des jambes de qui que ce soit. Mais non, il a fallu suivre ce grand abruti de.

Une grimace de douleur vint l'interrompre. On voyait qu'il se retenait de toutes ses forces pour ne pas hurler. Néoptolème le contemplait muettement, à la fois dégoûté par le spectacle qu'offrait le misérable et maintenant impressionné par son courage. Il n'osait plus ouvrir la bouche et se contentait de regarder Philoctète, comme s'il avait devant les yeux quelque chose comme une énigme. La compassion qu'il sentait monter en lui pour ce qui n'était plus qu'une loque se mêlait d'un sentiment d'étrangeté radicale. Des hommes souffrant, et même mourant, il en avait déjà vu. Mais ça, c'était autre chose. Comme si entrait dans tout cela un autre élément, un élément qu'il ne savait pas nommer. Ça le remuait.

Ils restaient maintenant tous les trois assis sur le toit, silencieux, doucement caressés par les rayons du soleil. Philoctète tentait de retenir ses gémissements. Néoptolème, qui maintenant s'était habi-

tué à l'odeur, regardait Philoctète. Et Ulysse réflé-
chissait. On entendit dans la cour un bruit de
pas, une porte claqua. J'ai l'air d'un clochard,
d'une loque, murmura finalement Philoctète.
Comment as-tu fait pour rester ici tout ce
temps ? demanda timidement Néoptolème. Philoctète le regarda, cette fois sans animosité, seulement avec l'air de celui qui est au bout du rou-
leau. Quand il pleut, je m'abrite sous l'auvent de
la cheminée. Mais pour manger ? Philoctète
redressa le fusil qu'il avait à côté de lui : et ça, tu
crois que ça me sert seulement de béquille ? J'ai
des boîtes de cartouches plein les poches, ton ami
Ulysse a dû te le dire, non ? Le « prudent
Ulysse », il a dû te dire qu'il fallait faire gaffe, que
si le Philoctète, il était encore vivant, il était armé
et que ça risquait de chauffer, non ? Ulysse baissa
les yeux. Eh bien au moins, continua Philoctète,
ça me sert à tirer les pigeons. Les pigeons ? Oui,
les pigeons, je ne sais pas si tu sais, mais il y en a
quelques-uns dans Paris, et ça leur arrive de se
poser sur les toits. Évidemment, avec le calibre, il
faut viser juste, taper la tête, parce que si tu tires
dans le reste, t'as plus que les plumes à sucer. Tu
bouffes des pigeons ? Non, pas du tout, c'est
pour mon plaisir, je les taxidermise, pour la déco-
ration de mon petit chez-moi : évidemment, crétin, que je les bouffe. J'ai un briquet, de quoi
faire un peu de feu et voilà. Tu sais, on trouve un

tas de choses sur les toits de Paris. Il se tut un instant, puis reprit : le plus dur, c'est d'aller les chercher, une fois dégommés. Des fois, ces cons-là, ils tombent dans la cour et j'ai perdu une cartouche pour rien.

Mais bon Dieu, dit Ulysse, tu vas te faire repérer, à tirer comme ça des coups de fusil sur les toits de Paris. C'est ça qui t'inquiète ? ricana Philoctète, tu préférerais que je crève sans faire de bruit, n'est-ce pas ? Mais qu'est-ce que tu crois, gros malin, *polumétis*, tu crois que je suis resté un mois ici, abandonné sur un toit, et que personne ne s'est aperçu de rien ?

Ulysse et Néoptolème se regardèrent et Néoptolème sentit qu'Ulysse commençait à s'inquiéter. Attends, attends, dit Ulysse en fermant les yeux, tu veux dire que les gens tout autour savent que tu es ici, qu'ils t'ont repéré ? Philoctète éclata d'un rire homérique qui retentit dans la cour et se répercuta sur les façades alentour. Il jeta à Ulysse un regard féroce. Pauvre type, siffla-t-il entre ses dents, t'es vraiment un pauvre type. Mais qu'est-ce que tu crois ? Tourne la tête et regarde autour de toi.

D'un même mouvement, Ulysse et Néoptolème détournèrent leurs regards de Philoctète et contemplèrent les façades qui entouraient le toit : presque à chaque fenêtre, maintenant, se tenait quelqu'un qui les regardait, parfois deux ou trois par fenêtre. Pratiquement tout le monde était à sa fenêtre, y compris la femme noire qui tout à l'heure faisait la vaisselle.

Une sueur froide passa dans le cou d'Ulysse. Le regard de Néoptolème passait d'une fenêtre à l'autre, dévisageant ces gens qui les dévisageaient à leur tour en silence, comme des spectres apparus mystérieusement là où, un instant auparavant, il n'y avait personne. Mais ils sont au spectacle, ou quoi ? murmura-t-il.

Exactement, mon garçon, ricana Philoctète, ils sont au spectacle, un spectacle qui dure depuis un moment déjà. Inquiet, Ulysse demanda à Philoctète : mais aucun n'a prévenu la police ? Ils sont au spectacle, je te dis, ils ne font rien d'autre. Ils attendent ce qui va se passer. Ils me regardent crever, ou gémir. Parfois je les terrorise, avec mes coups de fusil, parfois ils me prennent en pitié. Certains, plus compatissants que d'autres, me lancent de temps en temps de quoi manger, un bout de pain, un fruit, une bouteille d'eau. Ils ont dû être contents de vous voir arriver : il se passe enfin quelque chose de nouveau. On sentait Ulysse un peu affolé. Si tu pensais te la jouer discrète, lui dit Philoctète, c'est plutôt raté : te voilà sur la scène.

Mais tu ne leur as pas demandé de l'aide ? demanda à son tour Néoptolème. Pas besoin d'aide. Je n'ai besoin de l'aide de personne. Une grimace de douleur, de nouveau, l'interrompit : ah, voilà la crise qui recommence. Il recroquevilla contre lui sa jambe valide, ses poings se crispèrent, tandis qu'il répétait en haletant : je n'ai besoin de personne, vous m'entendez ? Ni des dieux ni des hommes, personne. Mais la douleur était trop forte et il poussa un cri déchirant qui fit frissonner Néoptolème.

Comme sortant d'un rêve, Ulysse se ravisa brusquement et, voyant la faiblesse de Philoctète, lança un regard à Néoptolème : c'est maintenant ou jamais, lui souffla-t-il, tandis que Philoctète, plié en deux, serrait des deux mains le haut de sa cuisse putréfiée. Mais Néoptolème ne réagissait pas : le spectacle de la douleur de Philoctète le paralysait et il grimaçait imperceptiblement, comme s'il endurait lui-même la souffrance terrible qu'il avait sous les yeux. Néoptolème, lança Ulysse à voix un peu plus forte, oh, Néoptolème, tu réagis ? Néoptolème jeta sur Ulysse un regard désemparé. Mais bon Dieu, fit Ulysse entre ses dents, tu vas lui prendre, oui ou non, c'est le moment.

Néoptolème finit par bouger. Il se mit à quatre pattes et s'approcha, hésitant, de Philoctète. Il était à peine à un mètre de lui, lorsque Philoctète se redressa brusquement. En un instant, il vit Néoptolème près de lui, presque à portée de main, empoigna le fusil et le braqua sur la tête du jeune homme. Si tu t'approches d'encore un demi-centimètre, t'as plus de tête. La crise semblait s'être apaisée. Et, tout en gardant le fusil braqué sur la tête de Néoptolème, Philoctète se redressa. Mais c'est sur Ulysse qu'il jeta un regard plein de haine. Espèce de salaud, grinça-t-il, qu'est-ce que t'es venu manigancer ? Néoptolème, après s'être figé, s'assit de nouveau et ne quittait plus Philoctète du regard — mais on voyait bien que ce n'était pas par crainte du fusil, c'était autre chose. L'odeur de putréfaction avait cessé de lui soulever le cœur et maintenant qu'il était si proche de Philoctète, il se sentait pris malgré lui d'une immense pitié pour le mourant. Ne t'inquiète pas, finit-il par dire, je ne bouge plus, tu as ma parole, tu peux baisser ton fusil. Philoctète le regarda et abaissa son fusil.

Puis il se tourna de nouveau vers Ulysse : ce n'est pas pour m'apporter votre secours que vous êtes revenus, n'est-ce pas ? Tu n'es pas venu poussé ici par un soudain remords. Ce n'est pas ton genre, le remords. Ulysse resta silencieux, visiblement embarrassé. Contre toute attente, Philoctète se radoucit et il soupira : allez, laissez-moi tranquille, foutez le camp. Je n'ai plus rien à faire avec vous. Je n'ai plus rien à faire avec personne.

Ulysse comprit qu'il pouvait tirer parti de cette lassitude. Écoute, ne sois pas injuste : on est venus te rechercher. D'accord, c'est moche de t'avoir laissé ici, je le reconnais, mais dans la panique, on fait un peu n'importe quoi. Tu sais, on voulait vraiment venir te chercher, tout de suite après, je te jure, mais les choses n'ont pas marché comme on l'avait prévu. Philoctète esquissa un sourire et Ulysse se mordit les lèvres. Tu veux dire que le braquage n'a pas marché, c'est ça ? Ulysse murmura en baissant les yeux : écoute, ça me gêne d'en parler, là, devant tous ces gens qui nous observent. Tu veux pas qu'on t'emmène d'abord ? Je te raconterai quand on se sera tirés d'ici. Ne t'inquiète pas pour eux, dit Philoctète en désignant les spectateurs installés aux fenêtres, ils sont juste là pour regarder un homme abandonné vomir des imprécations contre son sort et mourir lentement. On dirait que ça les fait réfléchir, que ça leur fait du bien, aussi. Franchement, je ne leur en veux pas, je m'en fous. Je suppose qu'ils me feront récupérer quand j'aurai claqué. Il se tut de nouveau. Il avait cessé de grimacer de douleur et son visage ne portait plus de traces de haine ou de colère. L'aspect de ce visage frappait Néoptolème.

Ils restèrent tous les trois silencieux un moment. Le soleil commençait à décliner. Un pigeon s'était posé à quelques mètres d'eux et picorait mécaniquement le zinc. Philoctète paraissait maintenant absorbé dans une profonde rêverie et Ulysse crut un moment qu'il allait s'endormir.

Mais il redressa la tête et dit à Ulysse : alors, ce braquage ? Ulysse se racla la gorge : ben, on est tombés sur un os. Tu veux dire ? Je veux dire : en fait, les gars nous attendaient, ils nous ont vus arriver. Et alors ? Et alors, ça a morflé, voilà. Ça tirait dans tous les sens, on n'a jamais réussi à entrer. Philoctète ricana : ah, ils sont beaux, les héros, si fiers, si arrogants, ils n'allaient en faire qu'une bouchée, une expédition rapide, les foutre en l'air en un clin d'œil, et par ici le butin, hein ? C'est que, murmura Ulysse en baissant les yeux, c'est que, ils étaient bien armés, les types — et nous, avec nos petits calibres.

En un éclair, Philoctète comprit tout. Son visage s'éclaira. Mais que je suis con, dit-il en retrouvant toute son ardeur et en se frappant le front, bien sûr que vous n'êtes pas venus ici pour rien. Ni par remords ni pour m'apporter de l'aide, non, vous êtes venus pour me piquer ça, dit-il en levant le fusil à pompe. C'est pour ça, n'est-ce pas ? Parce que, sans ce flingue, vous pouvez faire que dalle, avec vos pistolets à bou-chons. Mais le fusil du vieux, c'est autre chose, hein ? Pas de bol de m'avoir laissé avec le fusil. Alors, vous vous êtes dit : on y retourne et avec un peu de chance, il s'apercevra de rien. Hop, ni vu ni connu, je t'embrouille et à nous le flingue. Quelle bande de chacals. Vous êtes encore pires que ce que je pensais. Mais alors ça, laisse-moi te dire, Ulysse le malin, ça, tu peux toujours t'asseoir dessus.

Écoute, lui dit Ulysse, calme-toi, on peut discuter, non ? Discuter avec toi ? Tu crois que tu vas m'embobiner comme tu le fais avec les simples d'esprit et m'embourber tranquillement le flingue ? Tu rêves ou quoi ? Ça fait d'ailleurs trop longtemps que je discute avec vous. Tirez-vous avant que je fasse un carton — et le premier qui y passe, c'est toi, Ulysse. Il se tourna vers Néoptolème qui continuait à le regarder d'un air navré. Je ne t'en veux pas, fils, lui dit-il plus doucement, finalement, ce n'est pas ta faute, c'est ce fourbe qui t'a embobiné, toi aussi. Tu ferais mieux de filer. Mais laisse-moi te dire que tu as de mauvaises fréquentations. Tu sais qu'il a déjà entubé ton père ? Non, ça, il s'est bien gardé de te le dire, je suppose. Note que ça nous arrangeait tous, à l'époque, d'avoir Achille avec nous. Parce que ton père, au début, il ne voulait pas participer à tout ça. Mais c'est Ulysse, le sinistre bouffon que tu as devant toi, qui l'a entortillé pour l'embarquer avec nous.

Bon, ça va, maintenant, l'interrompit Ulysse, laisse le petit en dehors de tout ça, tu veux bien. C'est toi qui l'y as mêlé, imbécile, pas moi : toujours avec vos combines tordues. Mais croyez-moi, ça vous retombera tous sur le nez, un jour ou l'autre. S'il y a une justice, vous n'êtes pas près, toi, Agamemnon, de passer des jours peinards à la maison.

Ulysse semblait avoir pris un gros coup de vieux. Il s'était imperceptiblement voûté et, sur son visage également, on voyait poindre une certaine lassitude.

Écoute, soupira Ulysse, tu crois pas qu'il y a moyen de s'arranger, au lieu de nous bouffer le foie ? Pourquoi est-ce que tu t'entêtes comme ça ? Bon, d'accord, on t'a fait un sale coup, je te demande solennellement pardon. Mais viens avec nous, on te fera soigner — et cette affaire, cette fois, on la réglera tous ensemble. Même si tu ne veux pas nous suivre dans le coup, tu auras ta part : c'est le petit, dit-il en désignant Néoptolème, qui se chargera du fusil. C'est un as, dans son genre, tu verras. Tu ne trouves pas que c'est raisonnable ?

Ulysse avait mis le plus de modération et même le plus de douceur possible dans sa voix, mais ce n'était pas pure stratégie persuasive : c'était aussi la lassitude. Moi aussi, finit-il par ajouter, je voudrais en finir et rentrer chez moi. Il baissa la tête. Le soir était là, une brise un peu fraîche passa sur le toit. Au bout d'un long moment de silence, Ulysse releva la tête et regarda Philoctète d'un air interrogateur. Celui-ci le fixa à son tour, longuement, intensément, et il lui dit simplement : va te faire foutre.

Ulysse laissa retomber sa tête, ses épaules se tassèrent. Il paraissait vaincu par un immense désarroi, parce qu'il avait compris que Philoctète ne changerait jamais d'avis, et il en avait assez, mais alors vraiment assez, de toute cette histoire. Il regardait de nouveau la chaussure sur le bord du toit, cette chaussure au faciès grotesque et renfrogné, tordue par les éléments dans un rictus inquiétant, comme la grimace d'un masque tragique. Puis il balaya de nouveau du regard les fenêtres qui donnaient sur le toit : certaines s'étaient allumées, on commençait à entendre les rumeurs caractéristiques du crépuscule, des appels lointains, des bruits de vaisselle, la conversation étouffée et monotone d'une télévision. Néoptolème regardait toujours Philoctète qui se tenait maintenant immobile comme une statue de marbre — et il fut frappé par la noblesse de ce visage désormais impassible, un air de gravité qui dépassait la situation finalement ridicule dans laquelle ils se trouvaient tous les trois. N'entraient plus en jeu ni la rancœur, ni l'orgueil, ni la ruse ou la fourberie. Le visage de Philoctète semblait désormais, dans la lumière du soir, au-delà de tout.

Dans un dernier mouvement, Ulysse se tourna vers Philoctète et lui dit d'un ton désabusé : tu sais qu'on pourrait quand même te le prendre de force, ton fusil ? Mais il avait dit cela sans aucune conviction. Philoctète se contenta de le regarder sans répondre. Autour du toit, les fenêtres se désertaient une à une. Bon, fit Ulysse, ras le bol, j'ai vraiment fait tout ce que j'ai pu. Reste ici, puisque c'est ça que tu veux. Il fit signe à Néoptolème et lui dit : allez, viens, on s'en va, la nuit va tomber, il faut rejoindre les autres.

Mais Néoptolème ne bougeait pas, il fixait toujours le visage grave de Philoctète qui semblait déjà figé par sa mort imminente et il paraissait ne pas avoir entendu les paroles d'Ulysse. Hé, tu m'entends ? lui lança Ulysse, on y va. Néoptolème ne répondit pas.

Ulysse s'approcha de lui et lui mit la main sur l'épaule. Tu viens ? lui dit-il plus doucement. Alors Néoptolème se tourna vers Ulysse et le dévisagea longuement. Non, lui dit-il simplement, je reste.

Ulysse se redressa brusquement. Quoi ? Je reste. Je reste ici, avec Philoctète. Ulysse lança un regard désemparé à Philoctète, puis, de nouveau, se tourna vers Néoptolème. Mais enfin, qu'est-ce que tu racontes ? Il faut y aller, tu vois bien que c'est peine perdue. Je reste, répondit Néoptolème, vas-y, rentre, moi je reste avec Philoctète. Mais c'est complètement insensé, s'emporta soudain Ulysse, c'est quoi cette histoire ? On a besoin de toi, tu ne vas pas rester sur ce toit comme un cornichon. Tu ne vas pas tout laisser tomber pour ce vieil entêté. Il veut rester ici, à maudire le ciel et la terre, à crever comme un chien, c'est son affaire. Tu es jeune, tu as autre chose à faire. N'insiste pas, reprit Néoptolème, calme et déterminé. C'est complètement insensé, soupira Ulysse, complètement insensé.

Il se redressa, vacillant légèrement sur la pente du toit que le crépuscule bleuissait. Philoctète n'avait pas bougé et regardait droit devant lui, comme s'il avait oublié toute présence autour de lui. Ulysse jeta un ultime regard sur les deux hommes et soupira profondément. Adieu, leur dit-il alors, adieu, bande de fous. Et, avec précaution, tâchant de garder l'équilibre, il se remit en route sur le toit, tête baissée, sans que l'on pût savoir si c'était pour prendre garde où il mettait les pieds ou par accablement. Philoctète et Néoptolème le regardèrent s'éloigner sans dire un mot, puis le jeune homme vint s'asseoir à côté du mourant et crut discerner sur son visage un indéchiffrable sourire.

Il n'y avait plus personne aux balcons. On avait cessé d'entendre le pas décroissant d'Ulysse et la cour était plongée dans un profond silence. La nuit était tombée. Néoptolème s'était calé contre Philoctète, adossé à la cheminée, et tous les deux regardaient le ciel immense et vide. Le ciel vide.

J'ai refermé la fenêtre, éteint la lumière du

salon, et je suis allé dans la cuisine me préparer à manger. Inutile d'attendre, me suis-je dit, elle ne viendra pas. Plus jamais.

6

Le syndrome Conte de fées

I

Cette soirée, je ne suis pas près de l'oublier.

Au début, j'avais trouvé ça terriblement chic, cette fête organisée à la campagne et ce petit bristol qui laissait supposer des fastes d'Ancien Régime dans un trou de verdure, la forêt toute proche, un vallon, le cours sinueux d'un ruisseau et une petite gentilhommière qui devait être accotée à quelque vieux moulin à eau, moussu et mélancolique. Et pourquoi pas quelques chevaux esthétiquement disposés dans le pré d'à côté — quelque chose entre le Hameau de la Reine et la maison de George Sand à Nohant, peut-être même un étang, sur la rive duquel, au loin, dans la brume bleuâtre du soir, on aurait pu apercevoir la silhouette circonspecte d'un héron.

D'ailleurs, je ne m'étais pas complètement trompé, parce que l'endroit était effectivement charmant. Bon, d'accord, plus d'une heure de RER pour y parvenir met un peu la rêverie poétique à l'épreuve. Il faut dire que ce qui gâchait le plus l'ambiance, c'étaient les maugréments de Thomas, avachi sur la banquette du train en face de moi, et qui semblait n'avoir accepté de venir avec moi que pour avoir l'occasion de ruminer sa mauvaise humeur. C'est vrai que la campagne verdoyante, au bout d'un moment, du moins vue du RER, c'est lassant. Et puis comment on va faire pour rentrer ? bougonnait Thomas, à tous les coups, il n'y a plus de train pour Paris après onze heures du soir. Mais c'est pas grave, lui disais-je, on trouvera bien une voiture pour nous raccompagner. Et puis la soirée peut durer toute la nuit, on reviendra au petit matin. Et si on s'emmerde ? Vu son attitude, on sentait que ce n'était pas qu'une question.

Arrivés à la gare, nous devions encore faire un bout de chemin à pied. On nous avait fourni un plan, avec l'invitation, mais Thomas et moi, on n'est pas très forts pour lire les plans. Résultat : on s'est perdus. Je crois qu'on a dû tourner à la seconde ruelle du hameau, au lieu de la troisième, parce qu'on n'a jamais trouvé le sentier bordé de chênes indiqué sur le plan. Au lieu de cela, on s'est retrouvés dans un champ. La sagesse aurait consisté à revenir sur nos pas, mais je me suis dit qu'en coupant à travers champs, on finirait par le retrouver, ce sentier bordé de chênes qui promettait tant de romantisme. T'as été scout ? m'a demandé Thomas au bout d'un moment. J'ai secoué négativement la tête. Moi non plus, a-t-il ajouté, autant dire qu'on est mal barrés.

C'est vrai : on n'a jamais trouvé ce sentier bordé de chênes.

L'humeur de Thomas devenait de plus en plus massacrante et moi je regardais avec inquiétude la nuit s'avancer. Sans cette pression, la promenade aurait pu être délicieuse, tant la nature autour de nous était douce. Nous étions passés du champ à un pré, nous marchions dans les herbes hautes, soulevant un suave parfum sous nos pas (et aussi, il faut l'avouer, des essaims de moustiques). Le crépuscule d'été caressait avec délicatesse le vallon environnant, l'air était limpide et on distinguait au loin des bosquets de grands arbres mélancoliques. Tu ne trouves pas qu'on se croirait dans un Corot, ai-je dit à Thomas. On se croirait surtout dans la mouise, oui : si on retrouve pas notre chemin d'ici un quart d'heure, il fera nuit et on sera paumés en pleine cambrousse.

Pour tout dire, moi aussi, malgré le caractère très pictural du paysage, je commençais un peu à m'inquiéter, surtout quand nous avons débouché sur un ruisseau qui ne figurait pas du tout sur le plan et que Thomas m'a demandé : et maintenant, qu'est-ce qu'on fait ? Je tournais et retournais le plan dans tous les sens. Ils auraient tout de même pu indiquer les points cardinaux, sur ce plan, ai-je murmuré. C'est ça, a ricané Thomas, et puis on pourrait aussi calculer les azimuts ou se fabriquer un astrolabe pour se repérer. La lumière déclinait rapidement. Au moins, a ajouté Thomas en soupirant, il est peu probable qu'on tombe sur des loups ou des ours, c'est rassurant. Mais on aurait tout de même dû semer des petits cailloux blancs.

Car, en fait, la question, ce n'était plus tellement de retrouver le lieu de la soirée ; c'était plutôt de rejoindre n'importe quel point habité. Mais, précisément, des habitations, on n'en voyait nulle part. À mon avis, ai-je dit à Thomas, on devrait remonter le cours du ruisseau, on finira bien par tomber sur quelque chose et on pourra se repérer, peut-être même demander des renseignements à un autochtone. Thomas s'est contenté de hausser les épaules et nous avons suivi le ruisseau. En tout cas, m'a-t-il dit au bout d'un moment, pas question d'entrer dans cette forêt, là — et il désignait la rangée d'arbres qui surplombaient le vallon. Tu sais, lui ai-je répondu, ce n'est pas plus terrible de se retrouver au milieu de la forêt. Descartes dit bien que, quand on est perdu en forêt. Je me fous complètement de Descartes, m'a-t-il interrompu, de plus en plus énervé, je me fous de Descartes, je me fous de

Corot, de George Sand, de Lamartine, des hérons mélancoliques et des points cardinaux réunis. Moi, tout ce que je veux, c'est rentrer, je veux être quelque part, tu comprends, *quelque part* (j'ai compris qu'il paniquait vraiment), pas dans un tableau, pas dans le *Discours de la méthode*, pas dans un poème, pas dans un conte de fées : dans un vrai lieu, un espace civilisé, avec soit une voie ferrée, soit un téléphone, soit un verre de gin. Au comble de l'énervement, il a ajouté : et en plus je suis en train de bousiller mes pompes.

C'est vrai que les abords du ruisseau étaient assez meubles et qu'on avait tendance, par moments, à s'enfoncer dans la glaise. Cela dit, les miennes aussi en pâtissaient et je n'ai rien dit — mais je les avais payées moins cher.

Et puis, je ne sais par quel miracle, comme dans les contes, nous avons aperçu au loin une petite propriété isolée, toute scintillante, d'où provenait une rumeur de fête. J'ai hurlé : on a trouvé, Thomas, on a trouvé. Il a grommelé : c'est le château de Barbe-Bleue, si ça se trouve. La nuit était quasiment tombée.

Le ruisseau menait en fait directement à la propriété. Il y avait même, à l'orée du jardin, un ravissant petit moulin à eau, exactement comme je l'avais imaginé. Regarde, ai-je dit à Thomas, regarde comme c'est délicieux. Il y a même un moulin à eau. Un lieu enchanté. Thomas regardait ses chaussures crottées. Magnifique, a-t-il maugréé, un vrai conte de fées.

II

Nous sommes donc entrés par le jardin, lequel était tout éclairé de flambeaux. J'ai dit à Thomas : tu as raison, c'est un vrai conte de fées. Il y avait beaucoup d'invités, dans le jardin, des groupes qui discutaient et riaient, des couples qui déambulaient, une coupe de champagne à la main, tous me parurent immédiatement d'une folle élégance. C'était du Fitzgerald, mais chez Balzac. Je ne cessais de sourire comme un niais, Thomas avait allumé une cigarette pour se donner une contenance et tâchait d'essuyer discrètement le bout de ses chaussures sur la pelouse.

Parvenus à la terrasse qui dominait le jardin, nous nous sommes heurtés à un mur d'invités d'une extrême densité, parce que c'était là qu'était disposé le buffet avec les saladiers remplis de punch. Mais impossible d'attraper un verre. En revanche, Thomas a réussi à trouer une robe de soirée avec sa cigarette. Tu connais quelqu'un ? Personne pour l'instant, mais tu vas voir, on va trouver la maîtresse des lieux. Et nous avons pénétré dans la maison.

L'intérieur était charmant, une vraie maison de

Parisiens à la campagne, avec des meubles légèrement rustiques, des tableaux et des estampes aux murs, une cheminée massive et un plafond à poutres apparentes. La maîtresse de maison se tenait au milieu du salon, entourée d'un essaim d'invités, tous plus beaux et plus jeunes les uns que les autres, tous l'air d'artistes, d'intellectuels, de gens dont on parle ou dont on va parler. Un peu impressionnés, nous n'osions pas trop nous approcher. Moi aussi, me suis-je dit, je vais m'allumer une cigarette, j'aurai l'air un peu plus dans le coup. Au moment où je sortais mon paquet, la maîtresse de maison m'a aperçu et elle a lancé, à travers le brouhaha des conversations et de la musique, un théâtral : Vincent, te voilà.

Aussitôt, tous les invités qui s'étaient agglutinés autour d'elle de braquer vers nous leurs regards et j'ai senti, je ne sais pourquoi, que j'avais de la boue sur les chaussures. Elle a quitté le cercle en tendant des bras nus et immenses vers moi. Mais par où es-tu venu, je ne t'ai pas vu arriver. C'est que, lui ai-je dit, on s'est un peu perdus en sortant de la gare. On est passés par les champs. Comme c'est drôle, a-t-elle ri, les deux mains devant sa bouche, *par les champs*. Je lui ai présenté Thomas, qui, lui, n'avait pas l'air de trouver ça drôle du tout.

Mais vous n'avez rien à boire, s'est-elle exclamée. Venez, je vous mène au buffet. Nous l'avons suivie comme deux enfants allant chercher leur goûter. Tu connais tout le monde, naturellement, m'a-t-elle dit en chemin. Tous les visages que nous croisions m'étaient étrangers, mais ce n'était pas grave, parce qu'elle n'attendait pas de réponse. Tout en se frayant un passage dans le sillage duquel nous nous sommes engouffrés, elle m'a lancé : il faut absolument que je te présente. Mais je n'ai pas entendu le nom de la personne qu'elle voulait absolument me présenter, ni ses qualités, et, de toute façon, ça n'avait aucune importance, parce que nous n'avons jamais atteint le buffet ensemble : à quelques mètres des saladiers de punch, elle a aperçu quelqu'un sur la gauche à qui elle a crié : Vincent, te voilà, mais par où es-tu venu ? Je ne t'ai pas vu arriver. Juste avant d'obliquer et de tendre les bras, elle nous a tout de même soufflé : pardonnez-moi, je vous abandonne une minute, allez vous servir, on se revoit tout de suite. Je ne l'ai plus revue de toute la soirée. Mais ça a été exactement comme si Moïse avait incliné son bâton pour refermer les eaux de la mer Rouge sur Pharaon, ses chars et ses guerriers : abandonnés à quelques mètres à peine du buffet, nous avons vu se refermer la foule des invités qu'elle avait réussi à fendre pour nous et nous nous sommes de nouveau heurtés à un rideau infranchissable de robes de soirée et de cravates Hedi Slimane. Thomas, cependant, avait visiblement décidé que nous n'avions plus rien à perdre, avec notre dégaine de paysan crotté, et il s'est frayé un chemin avec une rare brutalité.

Il n'était pas facile de lier conversation avec tous ces gens qui formaient des agglomérats très compacts et comme invisiblement hérissés de piques, ce qui fait que nous avons stagné un moment au buffet. Comme, dans le RER, nous avions un peu épuisé les sujets de conversation, vu la longueur du trajet, nous nous sommes retrouvés muets et formant un agglomérat bien plus petit que tous les autres. Je crois que c'est la raison pour laquelle nous avons bu autant de punch et si rapidement.

Si les verres de punch successifs n'ont pas réussi à dérider Thomas, ils ont en revanche un peu altéré mon enthousiasme. En outre, non seulement je n'apercevais aucun visage connu, mais j'avais de moins en moins de chances d'en apercevoir, compte tenu de la dose d'alcool ingurgitée et des troubles de vision conséquents. Dans un ultime sursaut (et aussi parce que nous avions quasiment épuisé les ressources du saladier de punch à côté duquel nous campions), j'ai dit à Thomas : on ne va tout de même pas rester là toute la soirée. Il m'a regardé et a fini par répondre : non, tu as raison, retournons à la gare. Il était déjà sur le point de partir. Non, non attends, ce n'est pas ce que je voulais dire, on peut essayer de circuler un peu, tu ne crois pas ? Comme l'alcool avait diminué ses défenses, il a acquiescé. Nous avons décidé de nous scinder et chacun est parti de son côté en exploration.

Enfin, pour sa part, il n'a pas dû explorer grand-chose, parce que, après avoir parcouru quelques pièces de la maison toutes joyeusement décorées d'invités très chics, quand je suis repassé dans le salon (sans être parvenu à lier conversation avec qui que ce soit), je l'ai aperçu sur une chaise du salon, seul, fumant et tenant un verre de punch : il avait parcouru à peine trois mètres depuis le buffet. Je l'ai gratifié d'un petit signe de loin, pour lui faire comprendre que je continuais mes déambulations. Il avait chaussé un visage tellement hostile que, assis sur cette chaise contre le mur, il créait comme un invisible champ magnétique répulsif qui faisait immanquablement dévier le parcours des invités.

J'ai bien fini par rencontrer, çà et là, des traits vaguement connus de moi, mais, étant donné ma notoire incompétence sociale, aucune conversation n'a pris. J'ai continué à errer comme un astéroïde un peu boueux entre les systèmes planétaires et les galaxies d'invités qui formaient de si belles constellations. Cette errance dans l'espace sidéral de la soirée m'a souvent fait repasser par les mêmes endroits, et notamment devant la chaise de Thomas, lequel était littéralement statufié avec une cigarette qui se consumait éternellement entre ses doigts. Il n'était même plus besoin de lui faire signe : je crois qu'il ne voyait personne, en particulier parce qu'il avait abandonné tout espoir, vu qu'on avait largement dépassé l'heure du dernier RER. Je me suis finalement retrouvé sur la terrasse, puis dans le jardin.

C'est là que je l'ai vue pour la première fois.

III

Ça aurait été difficile de ne pas la remarquer, parce que, sans parler de cette exemplaire beauté qui m'a fait tomber amoureux sur le coup, sa robe à elle seule, cette audacieuse robe dorée, avec ces escarpins à talons assortis, suffisait à attirer tous les regards. Elle se tenait au milieu du jardin, sur une légère déclivité, éclairée d'un côté par la lumière de la terrasse, de l'autre par les flambeaux champêtres. Caressée de toutes parts par cette douce lumière, enveloppée de cette robe incroyable, elle était elle-même svelte, haute, ondulante, une flamme fascinante au milieu du jardin. J'ai failli en renverser mon verre de punch.

Comme toute source de lumière brillant au milieu d'une nuit d'été, elle était entourée d'une nuée d'insectes virevoltants, papillons de nuit à cravate, ternes phalènes qui grésillaient à son approche dans leurs atours fanés, moustiques à lunettes Gucci. Elle avait capté tout charme environnant, de sorte que ces invités qu'un instant auparavant j'admirais pour leur assurance et leur coupe de cheveux étaient devenus de mornes figures de cire. J'étais planté là, immobile comme les flambeaux du jardin, moins lumineux mais embrasé comme eux. Je venais de rencontrer l'*amour de ma vie.*

Je n'avais aucune idée de la manière dont on aborde l'amour de sa vie, quelles sont les épreuves à subir, les joutes à remporter. La seule décision que j'ai prise alors, ça a été de regagner la maison le plus vite possible pour retrouver Thomas. Je suis arrivé près de lui hors de moi et je lui ai dit : j'ai vu la femme de ma vie.

Il a levé un sourcil et j'ai compris qu'il n'avait pas seulement occupé son temps à fumer : il avait aussi miraculeusement déniché un saladier de punch dans lequel il puisait mécaniquement. C'est une bonne nouvelle, m'a-t-il répondu d'un ton pâteux, vraiment une bonne nouvelle, si on rentrait, maintenant ?

Je me suis accroupi à côté de sa chaise. Comment, rentrer ? Tu as entendu ce que je viens de te dire ? J'ai vu la *femme de ma vie.* O.K., c'est bon, tu l'as vue, maintenant tu sais qui c'est, on peut rentrer. Mais enfin, on ne va pas partir comme ça. Il a tourné vers moi un regard vitreux.

Je croyais que c'était Julie, la femme de ta vie, m'a-t-il laconiquement répondu. Julie, bon sang, Julie, mon amie si douce, si intéressante, ma promise, que la flamboyante apparition avait littéralement effacée de mon esprit pendant quelques instants. Julie, ma camarade de fac, son appartement si joli, ses livres, ses cheveux ondoyants. Je me suis assis par terre, un peu assommé. J'ai réfléchi. Écoute, en tout cas, j'ai vu la femme la plus belle de la terre. Ben dis donc, t'en as parcouru, du terrain, depuis qu'on est ici. Son ironie alcoolique commençait à m'agacer. Tu lui as causé ? m'a-t-il demandé finalement. Impossible, impossible d'approcher un astre pareil, je n'ai fait que l'admirer. Thomas, il faut que tu la voies. Tu veux que je quitte ma chaise ? Avec tous ces rapaces qui guettent mon saladier de punch depuis tout à l'heure ? Ça va pas, non ?

Or, par un nouveau miracle, il n'a pas été nécessaire de se lever, parce que l'astre venait de pénétrer dans la maison, entraînant dans son sillage un cortège de nains difformes, magnétisant dans l'instant toute la société environnante. Regarde, ai-je murmuré à Thomas, regarde, comme si je lui désignais un phénomène atmosphérique exceptionnel. Thomas a plissé les yeux dans sa direction et j'ai interprété cela comme l'effet d'un éblouissement bien compréhensible. En fait, il était simplement ivre mort et il avait du mal à

fixer son attention sur un objet précis. Il a fait :
pas mal.

Comment ça : pas mal ? C'est tout ? Ouais,
pas mal. J'ai trouvé Thomas très vulgaire. Elle
était parvenue au centre du salon, parlant et riant
avec une grâce subjugante, et j'ai compris qu'elle
devait être aussi la personne la plus spirituelle du
monde (ce qu'à coup sûr n'a jamais été la Belle au
bois dormant ou la Princesse au petit pois). Elle
tournoyait lentement au milieu du salon, son rire
pénétrait jusqu'à la moelle de mes os. Or, à un
moment, à la faveur de je ne sais quelle ondula-
tion, son regard s'est posé sur nous. Le cœur
m'est sorti de la poitrine.

Cela n'a duré qu'un instant, évidemment, un
bref instant, le temps qu'elle se tourne vers un
autre invité, mais elle nous a aperçus, elle m'a vu
— et, j'en suis sûr, j'en mettrais ma tête sur le
billot (ai-je dit plus tard à Thomas), elle nous a
souri, elle *m*'a souri. Le temps d'un éclair — puis
elle a détourné la tête, et je n'étais plus qu'un
petit tas de cendres fumantes.

Tu vas voir, m'a dit Thomas, que ces crétins
vont tous se mettre à danser. Ça a été, je crois, ses
dernières paroles de la soirée. Il a sombré, écrasé
dans sa chaise par une ultime claque de punch.
Mais des paroles prophétiques, parce que bientôt
tout le monde s'est mis en effet à sautiller dans
le salon. J'ai compris qu'il fallait agir, c'était le

moment ou jamais, je me suis relevé d'un bond — et je me suis précipité dans l'un des canapés provisoirement désertés qui faisait face à ce qui s'apprêtait à devenir la piste de danse.

À partir de là, les événements sont un peu confus dans ma mémoire, mais je peux tout de même en noter quelques-uns, à peu près dans l'ordre chronologique :

IV

— Rapidement, la femme de ma vie devient le centre gravitationnel du trémoussement général, organisant par un complexe jeu de lois physiques les trajectoires en apparence aléatoires des atomes autour d'elle.

— Jusqu'à une heure très avancée, je ne la perds pas de vue une minute.

— À un moment donné, dans la fougue de cette danse des sept voiles, elle dénoue la lanière de ses chaussures dorées et les projette dans la pièce en continuant à virevolter.

— Masse confuse. Le canapé est animé d'étranges mouvements ondulatoires.

— Le salon se vide progressivement, au fur et à mesure que l'heure avance. Il ne me vient pas une minute à l'esprit d'alpaguer l'un des invités en partance pour me faire raccompagner à Paris. Thomas est mué en statue de sel.

— Quelqu'un s'approche de moi, me parle (impossible de comprendre dans quelle langue) et finalement me tend un verre démesuré rempli de quelque chose dont le degré d'alcool doit dépasser toutes les limites supportables pour un organisme humain.

— Je vide le verre.

— Je vois très distinctement, bien que schématiquement, le développement accéléré d'une orchidée dans toutes les phases de sa croissance et de son dépérissement, après quoi Marcel Proust, l'orchidée à la main, tient à me présenter Gustave Flaubert qui marche sur un trottoir roulant infini, en m'affirmant que ce dernier a quelque chose de très important à me dire au sujet de cette soirée.

— Avant de disparaître, l'homme assis à côté de moi veut absolument me raconter (il s'est mis à parler ma langue, ou alors c'est moi qui ai un don) une histoire qu'il juge très drôle. Il l'a lui-même intitulée : *Caractère de chien*. C'est drôle mais instructif, me dit-il. Je ne la trouve ni instructive ni drôle (de plus elle dure longtemps), ou alors je n'ai rien compris.

— Je suis brutalement projeté dans un très célèbre tableau de Gustave Moreau dont je

peux, du coup, observer les moindres recoins.
Le peintre y a heureusement rajouté un canapé
pour moi, à côté de la couche d'Hérodias, ce
qui me permet de ne pas bouger, et c'est tant
mieux car je suis désormais privé de l'usage
de mes jambes.

— Le regard de la femme de ma vie se porte une
nouvelle fois sur moi et j'ai l'impression que
mes cheveux blanchissent d'un seul coup,
comme ceux de Charlton Heston sur le mont
Sinaï.

— Un autre homme s'assoit à côté de moi. Il me
dit son nom (que j'ai oublié) et déclare qu'il
est architecte, ce dont je le félicite. Il me
demande ce que je fais dans la vie. Je lui
réponds que je suis amoureux depuis quelques
heures, mais que le reste du temps je suis écrivain, en tout cas virtuellement, parce que je
n'ai jusqu'à présent publié qu'une description
lacunaire mais poétique du château de Chantilly. Chantilly doit constituer quelque chose
comme un mot de passe, car il hoche la tête
d'un air entendu et mystérieux et me tend un
pétard de la dimension d'un séquoia géant.

— Je le remercie vivement et je consume en
quelques bouffées l'intégralité du séquoia.
Après quoi l'homme s'évapore.

— Je suis de nouveau dans le tableau de Gustave
Moreau, cette fois en compagnie de Gustave

Flaubert qui me dit très distinctement : tu vois, je te l'avais bien dit. Et il pointe son index vers le centre du salon où la femme de ma vie se livre à une fascinante bacchanale. Elle ne peut plus me regarder : elle ferme les yeux et son corps doré s'embrase continuellement. Elle danse pieds nus. Je dis à Flaubert : danser pieds nus, c'est le comble de l'érotisme.

— Je ne peux douter que c'est l'effet du pétard géant qui a soudain décollé ma tête du reste de mon corps, laquelle se met à parcourir très lentement le salon, irradiant l'obscurité qui s'est faite soudain dans la pièce. Elle s'approche de la femme de ma vie et celle-ci, se figeant, cesse de danser. Ma tête décollée se tient face à son visage. Elle fait un léger mouvement de recul, tend la main, paume ouverte et verticale, vers ma face.

— Je comprends qu'elle est Salomé et que je suis Jean-Baptiste.

— Je lui dis : n'aie pas peur, on va s'arranger, Flaubert est là.

— Le canapé se referme sur moi. Tout devient noir.

V

Le tintement d'un verre m'a réveillé, un son que j'ai d'abord interprété comme celui d'une petite cloche de cristal au fond d'un vallon légendaire. J'ai ouvert un œil et il y avait devant moi le spectacle habituel de désolation qui succède aux soirées, bien loin de la *Vallée d'Obermann* : verres remplis de cigarettes, traces de pas gluantes, serviettes en papier aux formes baroques, bouteilles éparpillées, tartes au chocolat éventrées — et Thomas, encastré dans sa chaise. Un ou deux spectres aux formes proches de la dissolution erraient çà et là dans le salon, un verre à la main. Avec des efforts terribles, je suis parvenu à m'extirper du canapé. La femme de ma vie avait disparu.

Je me suis approché de Thomas pour l'éveiller et sa première parole a été : il faudrait peut-être songer à partir, je commence à m'ennuyer. Nous avons tous les deux regardé par la baie vitrée qui séparait désormais le salon de la terrasse : un jour gris et menaçant avait succédé à la nuit étincelante. Je lui ai dit : je crois que c'est une bonne idée.

Il ne fallait plus songer à se faire raccompagner sur Paris en voiture : les seuls êtres humains qui demeuraient dans la pièce étaient dans un état de prostration dont aucune parole ne pouvait les tirer. Si j'ai bien compris, a dit Thomas en bâillant et en se tenant le crâne, inutile de compter sur une citrouille magique, c'est direction RER.

J'aurais bien voulu saluer la maîtresse de maison avant de partir, mais elle avait elle aussi disparu. À vrai dire, j'aurais surtout voulu glaner des informations, avant notre départ, sur l'état civil de la femme de ma vie. Cependant, au moment où nous quittions le salon, enjambant des corps dont aucun n'était revêtu d'or, j'ai aperçu dans un coin, près de la cheminée, quelque chose de brillant. C'était une chaussure, un escarpin doré à talon — l'escarpin de la femme de ma vie. Je m'en suis frénétiquement emparé, j'ai regardé Thomas avec un sourire radieux et Thomas m'a dit : tu comptes en tirer un bon prix ? Nous avons pris le chemin de la gare.

La gueule de bois n'aide pas à être de bonne humeur, c'est vrai. Et Thomas n'est pas souvent de bonne humeur. Mais les conditions atmosphériques n'ont rien arrangé. Nous avions à peine mis un pied dehors qu'il s'est mis à pleuvoir. Nous sommes arrivés au RER dans un état lamentable. Mais ce n'était pas grave, car j'avais rencontré la femme de ma vie et je tenais entre mes mains son escarpin doré, la chaussure enchantée qui me mènerait jusqu'à elle, et que je lui passerais au pied pour que nous soyons heureux et ayons beaucoup d'enfants.

Thomas, quant à lui, regardait d'un air navré ses chaussures boueuses et dégoulinantes et tâchait tant bien que mal d'essorer sa veste, tandis que je faisais tourner et retourner devant mes yeux béats le long escarpin doré. Et tournait et retournait ainsi la femme de ma vie dans ma main, comme ces petites figurines qui, emprisonnées dans des globes, dansent sous une neige artificielle et sur un air de boîte à musique. J'ai dit à Thomas : j'écumerai Paris et sa proche banlieue jusqu'à ce que je puisse passer la pantoufle d'or au pied de celle à qui elle convient et, ce jour-là, l'histoire s'achèvera. Nous entrerons alors, elle et moi — elle sur la cambrure de ses talons hauts —, dans une éternité de bonheur. Thomas a éternué.

Pour éviter de nous séparer sur l'impression désagréable laissée par le trajet du retour, il m'a invité chez lui. Il avait un petit appartement dans le nord de Paris qui donnait à la fois sur les voies ferrées et les toits. Les jours d'hiver gris, les fenêtres découpaient des toiles de Caillebotte ou de Manet, c'était un appartement pour peintre, mais Thomas préférait les insectes et leurs modes baroques de reproduction, occupation dont il comptait faire son métier au terme de ses études de biologiste. Nous nous sommes affalés dans les fauteuils de son salon, avec un café fumant dans les mains. Thomas a soupiré lourdement et a déclaré : mes shoes sont complètement flinguées, des pompes à mille balles — et en effet l'arrivée par les champs et le retour sous la pluie avaient eu raison de leur cuir délicat. Le nez dans le café, Thomas a levé à hauteur des yeux tour à tour son pied droit et son pied gauche. Le constat a été sans appel : foutues. Alors, avant que j'aie le temps de réagir, il s'est levé dans un mouvement soudain d'exaspération, a ôté ses chaussures, a ouvert la fenêtre la plus proche et les a tout simplement jetées au-dehors. Après quoi il a méticuleusement refermé la fenêtre, est revenu s'asseoir en chaussettes et a replongé le nez dans son café.

Je suis resté un moment interdit devant un geste aussi théâtral. Tout de même, ai-je fini par lui dire, tu ne trouves pas que c'est un peu violent, comme décision ? Tu voulais quoi, m'a-t-il répondu, que je les repeigne ? Non, non, tu as raison, c'est assez poétique comme geste. Poétique ? Des chaussures ruinées ? « Que peut m'importer Faust, / glissant, féeries de fusées, / avec un Méphistophélès sur le parquet céleste ! / Je sais / qu'un clou dans ma botte / est plus horrible que la fantaisie de Goethe. » Mais il a haussé les épaules : ces chaussures ne mèneront plus nulle part.

J'ai approuvé en silence, contemplant encore une fois l'escarpin doré dans ma main qui, lui, me mènerait au bout du monde. Thomas avait posé sa tasse de café sur le rebord de la cheminée et s'était endormi dans son fauteuil.

Avant de quitter son appartement, je suis allé jeter un coup d'œil à la fenêtre. Une brume cotonneuse noyait les voies ferrées. En tournant le regard, je me suis rendu compte qu'une des chaussures de Thomas avait atterri sur le toit d'en face, en équilibre sur le rebord de la gouttière. Ça m'a rappelé une histoire que j'avais lue, peu de temps auparavant : un type qui, de rage, balance la chaussure de son rival par la fenêtre après avoir pénétré par effraction dans son appartement, quelque chose comme ça. J'ai quitté l'appartement en silence.

VI

Je ne voudrais pas outre mesure filer les métaphores, mais je me souviens que ma mère avait coutume de dire qu'en matière de femmes (en matière de mariage, plutôt) il est difficile de trouver chaussure à son pied. Une telle expression, évidemment, peut s'étendre à l'existence tout entière, laquelle est certes une route sinueuse et semée d'embûches, mais surtout une route sur laquelle on marche avec des chaussures soit trop grandes, soit trop étroites. Et comme j'en suis à méditer sur le sens de la vie, j'ajouterai que le bonheur tient à cette question de pointure, sans qu'on puisse pour autant se souvenir du moment où on a choisi ses chaussures, ni du magasin d'où elles proviennent. Quant au prix qu'on les a payées, il m'a toujours paru exorbitant, compte tenu de leur qualité et de l'erreur originelle commise sur la pointure. Mais ce n'est plus exactement mon problème, ai-je dit à Thomas quelques semaines plus tard : je ne cherche plus chaussure à mon pied, j'ai la chaussure, je cherche le pied qui va avec. À cette époque-là, j'avais déjà quitté Julie.

En effet, lorsque, quelques jours après la soirée, Julie est venue passer la nuit chez moi, j'ai compris que, malgré toutes les adorables qualités dont elle était dotée, elle n'était pas du genre à chausser un escarpin doré à talon. Nous avons d'ailleurs pu en faire physiquement l'expérience, ce jour-là. Il faut dire que j'avais placé bien en évidence l'escarpin en question sur le manteau de la cheminée. Elle m'a d'abord demandé s'il s'agissait de quelque chose comme un trophée ou une prise de guerre. Dans l'Antiquité, m'a-t-elle dit, on avait plutôt coutume d'accrocher ce genre de chose dans l'enceinte d'un temple.

Je lui ai demandé si elle voulait la passer à son pied. Parce qu'elle m'aimait, je crois, elle s'est prêtée à cet exercice avec une douce résignation. Je me souviendrai toujours du résultat et, chaque fois que j'y pense, la scène me brise le cœur. La

chaussure ne lui allait pas, bien sûr, et Julie se
tenait devant moi, instable, déséquilibrée, un
pied nu posé par terre, l'autre vacillant dans l'escarpin surélevé, tanguant gauchement comme un
échassier blessé, pitoyable et humiliée, me souriant avec mélancolie. J'ai baissé la tête. Elle est
restée quelques instants dans cette position, en
silence, sans colère, avec tristesse. Puis elle l'a ôtée.
Dans un silence total, elle a ramassé ses affaires,
m'a regardé une dernière fois, puis elle a quitté
l'appartement.

Je n'ai plus jamais revu Julie, ses cheveux ondoyants, son appartement et ses livres, ses disques
de Schubert et sa main frêle, délicate et précieuse
posée sur ma main d'imbécile. Depuis ce jour,
à la question rituelle que je me pose le matin en
me regardant dans le miroir de la salle de bains
pour me raser, à cette question rituelle : es-tu un
salaud ou un crétin ? je réponds désormais et
invariablement : les deux.

VII

Mais lorsque la porte de l'appartement s'est
refermée sur Julie et que j'ai reposé l'escarpin sur
le manteau de la cheminée, je me suis convaincu
qu'il fallait désormais agir vite, afin que le sacrifice ignoble auquel je venais de procéder ne soit

pas vain. J'ai donc entamé à partir de ce moment des recherches tous azimuts afin de remonter la piste de la femme de ma vie. J'ai voulu mettre Thomas à contribution, mais les bols de punch ingurgités pendant la soirée fatidique avaient complètement récuré sa mémoire. Il lui était impossible de se souvenir du visage et même de la silhouette recherchée. Son efficacité a été nulle, si ce n'est par les commentaires et les jugements laconiques qu'il prononçait régulièrement lorsqu'il était question de ce qu'il avait désormais baptisé le syndrome Conte de fées (de la reproduction des insectes à l'étude des troubles psychiques, je suppose que la transition se fait naturellement), dont à l'évidence je souffrais. Il considérait ce syndrome comme un cas non recensé de pathologie, de l'espèce régression infantile — en quoi Thomas ne connaissait pas grand-chose à la vie. J'espère que le mode de reproduction des insectes avait moins de secrets pour lui.

La piste la plus sérieuse prenait évidemment sa source auprès de l'organisatrice de la soirée, Marianne. J'ai donc très finement résolu un dîner avec elle (avec Thomas également), afin que la conversation puisse opportunément tomber sur la Salomé symboliste dont j'avais été le saint Jean-Baptiste, le temps d'une décollation par voie de stupéfiants. Il n'a pas été nécessaire de ruser trop subtilement, car l'escarpin continuait de trôner sur la cheminée et il en a été question immédiatement. Un trophée ? m'a-t-elle demandé, et la question a résonné désagréablement à mes oreilles. Plutôt une relique, a observé Thomas, quelque chose d'équivalent à la phalange rabougrie d'un saint obscur ou à un morceau de la Vraie Croix. C'est amusant que tu l'évoques, ai-je dit à Marianne sans me soucier de la remarque de Thomas, car figure-toi que j'ai ramassé cette chaussure à ta soirée en partant : il semble que la personne qui la portait l'ait malencontreusement oubliée. Thomas a rajouté : si dans un an et un jour personne n'est venu la réclamer, elle sera à toi et tu pourras désormais la porter à ton gré. Il commençait sérieusement à m'agacer. Peut-être t'en souviens-tu, ai-je dit négligemment à Marianne, je m'en souviens moi-même assez vaguement, une grande fille svelte, portant une robe dorée, tu vois ? Elle a acquiescé.

Mon cœur a littéralement bondi hors de ma poitrine. Oui, oui, m'a-t-elle dit, je m'en souviens, c'était plutôt difficile de la manquer, d'ailleurs. Elle était, comment dire, assez spectaculaire. Mais elle a ajouté : je n'ai d'ailleurs absolument aucune idée de qui il pouvait s'agir, ni de qui l'avait invitée. Mon cœur est retourné dans ma poitrine et s'est resserré à la taille d'une noix. C'est plutôt vulgaire, une robe dorée, non ? a demandé Thomas. Il y a eu un moment de silence dans la conversation, que Thomas a opportunément troublé en renversant son verre de vin sur la fine nappe brodée du XVIIIe siècle constituant le trousseau sacré confié par ma mère des années auparavant.

Le dîner a eu cependant des conséquences totalement inattendues. Déçu, je me suis progressivement enfoncé dans un mutisme qui aurait presque pu passer pour de l'impolitesse. En revanche, après avoir ruiné ma nappe, Thomas est devenu incroyablement volubile et s'est mis à jaspiner de façon tout à fait inhabituelle, de sorte qu'à lui seul il a réussi à sauver le dîner menacé par ma contrariété. Ne prenant plus part à la conversation que sur le mode monosyllabique, je regardais distraitement les convives et, parfois, mon regard glissait involontairement vers la cheminée sur le rebord de laquelle l'escarpin lançait désormais des éclats désespérés, comme un sémaphore au large d'une mer démontée.

Or, à un moment donné, mon regard, revenant de la cheminée, est tombé sur Marianne et je me suis rendu compte qu'elle aussi s'était tue, et qu'elle me fixait : elle n'avait pas pu ne pas voir mes coups d'œil navrés en direction de la cheminée. J'étais découvert, j'ai brusquement rougi.

Mais elle m'a souri. Cette indulgence, pour ne pas dire cette complicité, m'a frappé. J'ai alors pensé immédiatement : elle a compris, elle t'aidera. Je lui ai souri à mon tour. Elle a baissé les yeux, tandis qu'en esprit j'échafaudais déjà les plans les plus insensés qui, avec sa complicité désormais acquise, me permettraient enfin de passer l'escarpin enchanté au pied singulier de la femme de ma vie. J'étais redevenu joyeux et de nouveau entré dans la conversation, sans me douter que, dès lors, l'essentiel du dîner se déroulait *sous* la table.

Je ne l'ai pas compris tout de suite, parce qu'il m'a d'abord paru que j'avais simplement effleuré par accident un pied de la table. Or il s'est avéré, après un rapide examen, que le pied de table *avait une certaine tendance à se mouvoir*. Interloqué, j'ai redressé la tête et j'ai vu que Marianne fixait avec une insistance presque pathologique une miette de pain d'un demi-centimètre à peine, posée au coin supérieur gauche de sa fourchette. J'ai compris alors que je n'avais rien compris, à savoir, d'une part, que les pieds de table ne bougeaient pas tout seuls au contraire des pieds de femme, que, d'autre part, Marianne n'était pas exactement disposée à m'aider dans la quête de la femme dorée, mais qu'en revanche elle était disposée à tout autre chose. Marianne était une belle femme, spirituelle et convoitée.

Cette soirée, je ne suis pas près de l'oublier.

VIII

Nous avions trouvé un bel appartement dans le IXe arrondissement. Sous l'impulsion irrésistible de Marianne, j'ai commencé une nouvelle œuvre : une *Histoire littéraire du parapluie*, dont je peux d'ores et déjà dire qu'elle ne comptera jamais que deux chapitres, dont un avec des illustrations. En moins de trois mois, j'étais présenté à sa riche famille, j'y étais l'objet d'une attention affectueuse et permanente, même de la part des chats de la maison. J'étais désiré de moins en moins secrètement comme époux, envié par des gens que je ne connaissais même pas, je voyais moins Thomas, et la pantoufle d'or était remisée discrètement dans mon bureau, derrière le rayonnage de la bibliothèque qui s'étendait des lettres P à R. Je connaissais avec Marianne d'extraordinaires moments d'extase sexuelle.

Mais il manquait quelqu'un, qui réclamait sa chaussure orpheline, une vie qui attendait derrière la porte de l'appartement et qui toquait discrètement pendant la nuit — un songe qui faisait un songe de ma vie réelle. La chaussure a recommencé à scintiller imperceptiblement et à exhaler de nouveau son charme empoisonné.

IX

Il m'a fallu beaucoup de temps pour arriver à convaincre Marianne d'organiser une fête dans sa maison de campagne. Elle penchait davantage pour un genre de pendaison de crémaillère avec annonce de fiançailles dans le IXe, mais j'ai fini par obtenir gain de cause en arguant du fait que la fête devait se tenir là où, pour ainsi dire, étaient nées les prémices de cette belle histoire — car j'étais heureux, et jamais je n'avais connu de femme à la fois si belle et si amoureuse (mon existence sentimentale, comme celle de la plupart des autres, avait toujours été le compromis nécessaire entre ces deux termes opposés). Que je puisse même être l'objet d'une si miraculeuse conjonction, c'est également ce qui ne cessait d'étonner les gens et d'exciter leur envie — mais je la dois probablement à l'implacable ironie de l'existence, qui veut qu'elle offre ce que tous convoitent à celui qui non seulement ne convoite pas, mais dont la stupidité même lui interdit d'en apprécier l'exceptionnelle valeur. Peut-être est-ce même là la hideuse mais adéquate définition du bienfait : il est ce qu'on manque quand on nous l'octroie.

À force de circonvolutions et de ruses dont la bassesse ne m'effleurait même pas, j'ai réussi non seulement à ce que la fête se fasse dans cette fatale maison de campagne, mais, surtout, à ce qu'elle réunisse, à partir des souvenirs précis qu'en gardait Marianne, exactement les mêmes personnes que celles qui avaient été invitées lors de la partie de campagne qui m'avait vu finir en saint Jean-Baptiste symboliste — pensant que dans l'existence aussi, et pas seulement dans les lois naturelles, la conjonction des mêmes causes produit les mêmes effets.

Finalement, que l'entreprise aboutisse, comme on peut aisément l'imaginer, à un pitoyable échec, c'est peut-être la confirmation qu'il existe une justice immanente — ce que n'a pas manqué de remarquer Thomas. De ce point de vue, je dois dire que, pour lui au moins, la *répétition* a été une complète réussite. Pour ce qui est du reste, l'effet de cette curieuse et morbide mise en scène a été que, avant même d'être définitivement déçu dans mes espérances, j'ai souffert d'un sentiment nauséeux et grandissant lié à ce mime parodique et sinistre : même lieu, mêmes personnages, même punch, même buffet, mêmes paroles, même scénographie, mais comme si tout cela était faux, la maison en carton, les personnages en chiffon ou en cire, le punch changé en eau, les petits-fours en plastique comme dans les dînettes, les paroles préenregistrées et la scénographie exécutée par des automates assez grossiers aux mouvements mécaniques — une espèce de cauchemar ou de répétition comique d'une histoire réelle mais consommée par la nécessité historique.

Les deux seuls accrocs au parfait et malsain mimétisme qui régissait la fête tenaient au fait que, premièrement, j'étais cette fois le maître de maison (ou plutôt l'adjoint de la maîtresse de maison) et que, deuxièmement, il manquait naturellement *une* personne. J'ai assez rapidement compris mon échec et, en peu de temps, j'ai quitté le bras de Marianne pour me retrouver à côté de Thomas et du bol de punch, c'est-à-dire, et cette fois sans y avoir prêté attention, exactement dans la même position moi aussi que celle que j'occupais une vie auparavant. Thomas, qui avait atteint le taux l'alcoolémie requis et qui avait évidemment tout compris (le problème, c'est que Marianne aussi, je crois), s'est tourné vers moi avec désinvolture, m'a présenté un verre et m'a dit : c'est très malin cette petite mise en scène, on a rarement fait plus con et plus indélicat.

Je me suis contenté de boire en silence. T'imagines, a-t-il repris, le prince charmant organisant exactement le même bal, à l'identique, pour faire réapparaître Cendrillon, au lieu d'aller la chercher lui-même dans tout le royaume, la galoche à la main ? J'ai regardé Thomas et je me suis assis par terre, effondré : quel imbécile je fais, j'y avais même pas pensé — et nous sommes restés là sans rien dire, à écluser le punch, en regardant le théâtre de marionnettes devant nous, sans plus aucun intérêt pour la pièce qui s'y jouait (on l'avait déjà vue).

Par moments, Marianne venait vers nous, m'adressait un regard tantôt radieux, tantôt interrogateur, me tendait la main (que je prenais puis relâchais), m'embrassait, puis repartait avec une grâce qui me faisait mal au cœur. Elle était rayonnante. Elle aurait pu être la femme de ma vie.

J'ai fini par me lever, j'ai erré çà et là, échangé quelques paroles, pour achever mon incertaine et mélancolique pérégrination sur le canapé, sérieusement imbibé, encore une fois. Mon regard fixe se perdait parmi les ombres fantomatiques qui s'agitaient devant moi avec une curieuse pesanteur, comme des poissons somnolents au fond d'un bocal de punch. J'avais l'impression d'être aux enfers, où l'on rejouait entre morts nostalgiques quelques scènes de réjouissances du temps où l'on vivait — ce qui doit être la définition précise de l'Enfer (et non pas des enfers) : non pas la souffrance éternelle, mais l'effroyable ennui généré par cette interminable répétition fanée. Un homme est venu s'asseoir à côté de moi. Il m'a dit son nom (que j'ai oublié) et m'a déclaré : je suis architecte, et vous ? Moi pas, lui ai-je répondu, je suis plutôt le maître de maison que le maître d'œuvre. Nous regardions tous les deux droit devant nous. Et à part ça ? m'a-t-il demandé. J'écris une *Histoire lit-*

téraire du parapluie. À partir de ce moment, nous sommes restés silencieux.

Cette soirée, j'aimerais bien l'oublier.

X

Je ne sais pas si c'est précisément mon attitude au cours de cette soirée qui a marqué le début de la fin. Je me suis réveillé au petit matin, toujours assis sur le canapé. J'ai promené mon regard à droite et à gauche, j'ai aperçu Thomas encastré dans sa chaise, à côté du saladier de punch vide — comme prévu. Marianne était allée se coucher sans que je m'en aperçoive (ou, pis, sans qu'elle réussisse à m'extraire du canapé). À grand-peine, je suis parvenu à atteindre Thomas dans un effroyable martèlement intracrânien et je l'ai secoué. Je te raccompagne, lui ai-je dit. Il m'a jeté un regard vaseux et étonné. Tu ne restes pas ici avec Marianne ? Je te raccompagne, ai-je répété. C'est peut-être cela, en définitive, qui a détérioré mes liens avec la belle Marianne.

Contrairement à ce que l'on aurait pu attendre, il ne pleuvait pas, sur le chemin du retour. Nous sommes restés muets, Thomas se tenant le crâne à deux mains et gardant les yeux mi-clos. Finalement, a-t-il fini par articuler, le fait que tu sois désormais avec Marianne ne change pas grand-chose à la nature des fêtes qu'elle organise : c'est toujours les mêmes personnes, le même punch et le même mal de crâne.

Moi, je ne répondais pas.

Elle a l'air de beaucoup t'aimer, a-t-il ajouté — mais je ne sais pas si elle fait bien. Tu me donnes des leçons de morale, maintenant ? De morale conjugale, oui. Et il se frottait avec acharnement les tempes. Tu veux mon avis ? m'a-t-il demandé une fois que nous étions installés dans le RER. À vrai dire, j'aurais préféré m'en passer, mais si ça t'aide à dissiper les maux de tête. Je trouve ton jeu assez sinistre, a-t-il déclaré laconiquement. Je ne joue pas. C'est ça, justement, qui est assez sinistre. Le syndrome Conte de fées est une maladie infantile, tu vois, un peu comme la varicelle ou les oreillons. Je ne l'ai jamais attrapée quand j'étais petit. Il s'est tu un moment. Nous regardions tous les deux la banlieue grise défiler par la fenêtre du train. Je me sentais triste, mais je ne savais pas vraiment de quoi. C'est bien ce que je dis, a-t-il repris, c'est comme la rougeole : inoffensive quand on la contracte dans l'enfance, mais quand on en est victime à l'âge adulte, elle a des conséquences beaucoup plus nocives et disgracieuses — et puis ça indispose les autres. Je ne dis pas ça pour moi, mais pour Marianne. Tu veux venir prendre un café chez moi avant de rentrer ?

Sur le seuil de son appartement, il m'a regardé

avec un sérieux inhabituel. Je suis sûr, a-t-il fini par dire, que cet escarpin irait très bien au pied de Marianne. À moins qu'elle ne se torde la cheville, conformément à la loi fatale qui affecte toutes les Marianne depuis Marivaux — mais j'avais gardé le souvenir que c'était plutôt une bonne chose.

Pour ce qui est des cours de littérature, ai-je fini par répondre, j'ai passé l'âge. Mais il avait vraiment l'air triste pour Marianne. Je ne sais pas si c'était la gueule de bois. C'est curieux, je ne suis pas très littéraire, mais j'ai un peu l'impression que tu as transformé le conte de fées en roman balzacien, non ? Silence. Je vais te dire quelque chose qui va sans doute te faire hausser les épaules. Balzac a raison : on arrive à tout, par les femmes, on gagne le monde, et de ce côté-là, ça marche plutôt bien pour toi. On arrive à tout par les femmes — mais pas aux femmes. Tu as découvert ces grandes vérités au fond d'un bol de punch ? Je crois que je vais boire mon café tout seul, finalement, a-t-il conclu. Et je suis rentré dans mon bel appartement du IXᵉ.

J'ai dû ravaler ma déception et supporter les regards interrogateurs et attristés de Marianne, lorsqu'elle est revenue de la campagne. Il m'est bien venu à l'idée, à éprouver dans ces circonstances sa délicatesse et sa patience, que je n'étais qu'un sombre crétin, mais cela m'est apparu plutôt comme une fatalité que comme un état ou une conduite susceptible d'être amendée — ce qui était une preuve de plus que je n'étais qu'un sombre crétin. Depuis cette soirée, Marianne n'avait pas cessé de m'aimer, mais elle m'aimait désormais avec un mélange de déception et d'inquiétude. Il n'était plus question de mariage — du moins pour le moment. Elle se voyait entourée d'une cour d'admirateurs toujours plus nombreux et toujours plus choqués de ma désinvolture et de ma mélancolie. Moi je regardais avec indifférence ces avortons envieux qui lorgnaient mon fauteuil.

Il ne faut pas croire que je me sois si mal comporté. Il m'est arrivé d'oublier des semaines entières l'escarpin qui avait regagné le rayonnage de la bibliothèque. J'étais avec elle attentionné et amoureux, heureux de la voir heureuse. Je voyais clairement quelle femme magnifique elle était. Mais la femme de ma vie attendait toujours quelque part, le pied nu, et réclamait impérieusement d'être chaussée.

J'ai quitté Marianne un matin d'hiver, emportant quelques affaires et l'escarpin doré. Elle m'a laissé partir et elle était malheureuse, mais n'a demandé aucune explication. Elle est mariée, maintenant, et a beaucoup d'enfants.

Ici se termine ma période Rastignac, avec une vie réduite en peau de chagrin.

XI

J'avais regagné un petit appartement sous les combles, j'avais abandonné mon *Histoire littéraire du parapluie*, et la description partielle du château de Chantilly restera la grande œuvre de ma vie. Il est passé sous mes combles quelques pieds inaptes à être chaussés d'or, de moins en moins, à vrai dire, et de plus en plus inaptes. L'escarpin a fini par prendre la poussière. Ne pouvant retrouver Cendrillon, je m'étais mis à ramener ses sœurs, ses demi-sœurs, puis ses cousines, ses cousines par alliance, une parentèle toujours plus éloignée et qui partageait de moins en moins un air de famille avec le modèle original. Ma vie sentimentale a décrit une courbe exactement identique à celle de mon statut social : nettement plongeante. J'ai regretté Marianne, il m'est même arrivé de penser que j'avais gâché la seule chance d'être heureux dans la vie. J'ai repensé à Julie. Je voyais Thomas à intervalles de plus en plus espacés.

J'avais trouvé un petit travail dans la boutique du musée Jacquemart-André (au lieu du musée Gustave-Moreau) : j'y vendais des cartes postales, des signets décorés du dragon d'Uccello et des agendas en faux cuir. Le musée lui-même, je le fréquentais assez peu, si ce n'est précisément pour aller contempler le petit *Saint Georges* d'Uccello. Il m'arrivait la nuit de me demander quel genre de dragons il fallait percer pour gagner la gente dame de mes pensées. J'y pensais distraitement en regardant les signets. Quelle forme peut bien prendre un tel dragon de nos jours ? ai-je demandé à Thomas. Peut-être l'allégorie d'une néfaste disposition d'esprit, quelque chose comme un vice à combattre, mais lequel ? Dans ces cas-là, Thomas me regardait avec l'air de me prendre pour un imbécile. La bêtise, alors ? Il haussait les épaules : on pourrait appeler ça comme ça, gâcher sa vie pour des conneries, se tromper de cible, par exemple. Tu terrasses la femme pour obtenir le dragon, tu vois ? Une sorte de saint Georges bourré, qui finira par partir bras dessus bras dessous avec le dragon, après avoir consciencieusement piétiné la dame. Ça te convient, comme interprétation ? Thomas n'y connaît rien en matière de peinture. Lui, une fois sorti de ses insectes, c'est n'importe quoi.

J'ai cessé de fréquenter Uccello, si ce n'est par l'intermédiaire de ces signets prétentieux dont personne ne se sert jamais et qui finissent généralement écornés et enfouis dans un tiroir de bureau. J'ai recommencé ma quête en fréquentant toutes sortes de fêtes, de soirées, de cafés et de bars. À cette époque, j'avais constamment avec moi un sac contenant l'escarpin doré, au cas où, même si quelques années avaient passé depuis cette partie de campagne et que sa propriétaire légitime devait sans doute porter désormais des chaussons d'intérieur. Il constituait pour moi, chaque fois, un test systématiquement décevant, au point qu'il m'arrivait de me demander si le temps ne l'avait pas quelque peu déformé ou si même une évolution étonnamment rapide de l'espèce n'avait pas modifié une fois pour toutes la structure de la voûte plantaire des femmes.

Franchement, je ne vois pas ce que l'on peut me reprocher en la matière. Je ne vois pas en quoi le test de l'escarpin doré peut différer en nature de ce que tout un chacun invente comme étalon de mesure lorsqu'il s'agit de rencontrer quelqu'un susceptible de l'intéresser. Il me paraît même plus fiable, plus objectif, que n'importe quel idéal de la femme rêvée ou de l'amant parfait. Se demander si un pied convient à une chaussure me paraît plus rationnel que de chercher à savoir si machin sait correctement apprécier la période bleue de Picasso ou si machine a l'âme suffisamment romantique. C'est ce que je me disais en hantant ces soirées avec la chaussure dans mon sac, c'est ce que je disais même directement à certaines jeunes femmes que j'y rencontrais, en extrayant l'escarpin du sac. Mais ce n'était pas non plus une bonne stratégie : la vue de l'escarpin avait tendance à les faire fuir, à les faire rire, ou, dans certains cas, à contracter nerveusement leur pied de façon rédhibitoire. Évidemment, je n'ai rien trouvé. Ma vie sentimentale a été un désastre.

XII

Pour le dernier réveillon, j'ai eu un instant de faiblesse au moment d'ouvrir ma boîte de petit salé aux lentilles, tout seul dans la cuisine, devant mes plaques chauffantes. On a beau fustiger l'imbécillité sociale qui oblige des millions de crétins à faire la fête exactement au même moment, sa pression continue de se faire sentir jusqu'aux sixièmes sans ascenseur. J'ai fini par appeler Thomas que je n'avais pas vu depuis des mois, lequel avait cédé sans scrupule au conformisme ambiant en organisant une petite soirée chez lui. J'ai abandonné mon petit salé aux lentilles, j'ai couru chez lui. J'avais besoin de ses conseils pour donner un cours nouveau à ma vie.

C'est en pénétrant dans le salon de son appartement que j'ai compris que je ne serais pas près d'oublier cette soirée : *elle* se tenait assise sur une banquette, riant aux éclats, avec l'air de n'avoir jamais été la femme de ma vie.

Usé moralement par une quête si longue et si vaine, dont j'ai du mal, encore maintenant, à évaluer les séquelles, je n'ai finalement pas été foudroyé comme j'aurais pu m'y attendre. J'ai simplement perdu l'usage de la parole pendant une demi-heure et celui de mes jambes pendant un quart d'heure. En revanche, je disposais encore de mes bras, ce qui fait que, après m'être assis, j'ai pu commencer à boire. Ça me fait plaisir de te revoir, m'a dit Thomas. Il avait l'air en pleine forme, vif, spirituel, gracieux même. J'ai bien fait de venir, n'ai-je cessé de me répéter pendant une demi-heure, avec l'impression de mourir à chaque seconde (et il y en a beaucoup, dans une demi-heure), j'ai vraiment bien fait de venir. Je la regardais rire et irradier, sans qu'elle me prête la moindre attention. Tandis que se livrait en moi un combat inédit et inquiétant entre mes organes, le cœur venant heurter les poumons qui, eux-mêmes, par un extraordinaire tour de force, me foutaient des coups dans l'estomac (sans parler de la rate).

Thomas est revenu vers moi et m'a demandé si tout allait bien. Tout va bien, lui ai-je dit, tout va très bien, si ce n'est que je ne sais plus très bien, en ce moment, si mes organes sont rangés à la bonne place. Apparemment, m'a-t-il fait remarquer, le cerveau au moins ne semble pas avoir déserté son poste. En quoi il se trompait, parce que mon cerveau devait se trouver replié dans la main qui tenait mon verre. Viens, m'a-t-il dit, je veux te présenter quelqu'un. Et c'est ainsi que ce qui restait de moi s'est retrouvé assis sur la banquette à côté de la femme de ma vie, ce reste devenant pour quelques instants objet de sa vague mais affable curiosité. Après avoir décliné mon identité et décrit mécaniquement le catalogue complet des cartes postales du musée Jacquemart-André, je lui ai demandé si elle appréciait Gustave Moreau. Jamais entendu parler, m'a-t-elle répondu avec un sourire charmant. J'ai eu peur qu'elle ne demande si c'était un ami à moi, parce qu'à cet instant mon goût pour la peinture symboliste (et celle d'Uccello aussi, d'ailleurs) venait d'en prendre un sacré coup.

Et vous, lui ai-je demandé, vous faites quoi dans la vie ? Elle était dans les assurances, un travail passionnant, en vérité, on ne le croirait pas, mais on rencontre des gens et c'est toujours un petit challenge de réussir à placer un contrat, on est toujours amené à se dépasser, pas question de s'endormir, vous voyez, il faut être réactif et puis il y a une superambiance à l'agence. Alors, a dit Thomas en revenant vers nous avec des petits-fours, vous avez fait connaissance ? Il s'est tourné vers elle : tu vois, ma chérie, depuis le temps que je t'en parlais, le voilà enfin, mon vieux copain. Moi, je regardais fixement les pieds de la femme de ma vie : elle avait des petites chaussures noires à talons plats. Je crois que je ne me sens pas très bien, leur ai-je dit, si vous permettez, je vais prendre l'air un instant.

J'ai dû écarter quelques convives et j'ai ouvert grande la fenêtre. L'air glacé de la nuit m'a giflé le visage. Le ciel était clair. J'avais une vague envie d'enjamber la rambarde. J'ai regardé un instant les étoiles et puis mon regard est tombé sur le toit d'en face. J'ai aperçu une petite forme sombre que j'ai d'abord prise pour un chat ou un rat, mais j'ai compris que c'était la chaussure de Thomas, la chaussure ruinée sur le chemin de retour de la fête où j'avais rencontré la femme de sa vie, cette chaussure qui ne menait nulle part. J'ai quitté la fenêtre, erré quelque temps dans l'appartement à travers les groupes de convives. Dans le bureau, j'ai découvert un chien qui somnolait paisiblement, un beau chien aux yeux doux. Il avait l'air gentil, alors je me suis accroupi et je l'ai caressé longuement. C'était bon de passer ma main dans son poil chaud. Je suis parti sans même leur dire au revoir.

C'est dans leur rue, si je me souviens bien, à quelques mètres à peine de leur immeuble, que j'ai jeté l'escarpin doré dans le caniveau.

Cette soirée*.

---

* Précision : La vérité m'oblige à dire que jeter l'escarpin en question n'a pas été le seul résultat de cette pitoyable histoire. J'avais aussi envie de dire bien haut ce que je pense des contes de fées. J'ai voulu rédiger un court traité à ce sujet, intitulé mystérieusement *La chaussure sur le toit*. Mais là encore, j'ai échoué. Je suis seulement l'auteur d'un texte sans queue ni tête, mais pas sans rapport avec ces bêtises : « Esprit de vengeance ». Je ne sais pas ce que j'ai bien pu en faire, je ne le retrouve nulle part.

7

Caractère de chien

On s'entendait bien, c'est vrai. Maintenant, il a beau me regarder avec ses airs de chien battu, avec cet air navré, il peut toujours courir. Je vois bien qu'il regrette — en plus, il est bien embarrassé —, mais, sincèrement, il l'a cherché. Je ne suis pas d'un naturel rancunier, c'est le moins qu'on puisse dire, et j'ai eu de la patience, mais là, il a vraiment dépassé les bornes. Je sais bien que ce n'est pas sa faute, qu'il est malheureux — mais est-ce que j'y pouvais quelque chose, moi ?

On a eu de bons moments et, ça, je ne l'oublierai jamais. Je crois qu'on peut même dire qu'on s'est beaucoup apporté mutuellement. Quand nous nous sommes connus, j'étais très jeune et il me semble parfois que, même s'il était évidemment plus mûr que moi, nous avons en quelque sorte grandi ensemble. On en a connu, des vicissitudes, les déménagements, les moments d'angoisse suscités par son travail, les problèmes d'argent, ma maladie, les vacances catastrophiques, comme ce séjour à Florence, en hiver, où l'on s'est perdus (enfin, où il m'a perdu, parce que, lui, il connaissait la ville, alors que moi, c'était la première fois que j'y venais), tout ça parce que plutôt que d'aller avec lui au musée des Offices, pendant ce temps-là, j'ai préféré me promener sur les rives de l'Arno. Il faut être un peu indépendant, parfois, même quand on voyage ensemble.

Et puis, il y a eu l'emménagement dans cet appartement. Jusque-là, on vivait bien, mais dans de petits espaces. Il s'excusait sans cesse auprès de moi de l'exiguïté des lieux. Moi, ça m'importait peu, parce qu'on sortait beaucoup, et il y avait ces promenades rituelles du soir où nous déambulions dans Paris, tantôt joyeux et frénétiques, tantôt paisibles. Comme ses livres se sont mis à bien se vendre, il est devenu un peu célèbre, a gagné plus d'argent et il a pu acheter cet appartement plus grand, avec les cheminées, un bureau à lui, une grande chambre. On s'est mis aussi à fréquenter des cocktails, avec des gens bizarres et la plupart du temps stupides, mais qui, dans l'ensemble, me faisaient bon accueil, même si je n'étais pas de leur milieu.

Ce qui me touchait beaucoup, c'est que le succès ne l'enivrait pas et ne modifiait en rien nos habitudes. Bien sûr, il était un peu plus accaparé par ces mondanités, mais il gardait un régime de vie assez austère qui nous convenait à tous les deux. Il travaillait beaucoup, j'aimais bien le voir travailler. J'aimais bien le regarder (j'ai toujours eu un tempérament assez contemplatif, même dans ma jeunesse). Il me semble que je l'aimais encore plus dans ces moments-là. Je faisais semblant de m'occuper à autre chose, mais je gardais un œil sur lui, je le voyais froncer les sourcils, allumer une cigarette, regarder par la fenêtre.

Il faut dire qu'il était particulièrement bien, cet appartement, pour des tempéraments rêveurs comme les nôtres. Mis à part la petite cour, les fenêtres ouvraient sur les voies ferrées et un immense carré de ciel. C'est rare, à Paris, d'avoir autant de ciel dans sa maison — et les trains, on s'y habitue rapidement. C'est là qu'il a achevé son roman.

Celui-là a été un véritable triomphe critique, peut-être le plus important de sa carrière. Le succès, objectivement, était mérité : le livre est magnifique, c'est mon préféré — je le connais presque par cœur, ne serait-ce que parce qu'il me l'a lu intégralement au fur et à mesure qu'il l'écrivait. Malgré toute la colère et la déception qui m'animent aujourd'hui, je ne peux pas lui retirer cela : son talent, sa sensibilité, l'immense générosité dont il témoigne dans ses œuvres, et cette qualité irremplaçable et tellement rare de faire de l'art une question vitale. C'est une personnalité comme je n'en ai jamais connue, tellement différente des petits prétentieux, des infatués qui grouillent dans ce métier avec des airs de se prendre pour Flaubert ou Maïakovski. J'ai beau être profane en la matière, j'ai un mépris total pour ces salariés mondains, qui font des livres comme ils feraient de la pâtée pour chiens (et d'ailleurs, ça y ressemble) : l'art, c'est autre chose, c'est sérieux, j'ai au moins appris ça de lui — et ça demande du travail.

Mais je me demande s'il était bien armé pour accueillir un tel succès. C'est un homme inquiet, il a besoin d'être rassuré. Alors on a vu débarquer dans l'appartement tout ce que le monde de l'édition peut produire de plus superficiel et de plus rance, des types qui portent la corruption au revers de leur veste comme Homais devait porter la croix d'honneur (moi aussi, j'ai des lettres). Les pièces se sont mises à retentir de formules ineptes et suffisantes sur la littérature, de propos de boutiquiers et de potins de concierges tirés à quatre épingles. L'air en était empesté. Dans ces cas-là, je m'enfermais dans le bureau en attendant que la rumeur du salon décroisse et que la porte se referme sur le dernier mannequin de cire. Alors, il venait me trouver dans le bureau, un peu grisé, un peu nauséeux et me regardait longuement, sans rien dire. Je te déçois ? finissait-il par me demander invariablement. Mais non, il ne me décevait pas, j'étais seulement un peu triste de le voir patauger dans ce cloaque, de le voir faire pénétrer dans notre appartement cette odeur nauséabonde qui mettait du temps à se dissiper. Heureusement, il avait chaque fois le réflexe salutaire de sortir un livre de la bibliothèque et de se replonger dans la lecture, quelle que soit l'heure, avant d'aller se coucher, comme une purification nécessaire, afin que son sommeil ne soit pas hanté par ces ombres néfastes et insistantes. Je venais tout contre lui, sans bruit. Son intégrité m'était chère, plus que toute autre chose. Je l'aimais profondément à ces moments, il me semblait que je voyais son âme, que j'avais ce don de voir l'âme, et qu'elle était belle, mais si fragile, si vulnérable, si démunie face à la laideur et à la souillure — et la préserver lui demandait des efforts si intenses qu'il lui arrivait de sortir littéralement lessivé de ces soirées. Moi, je regrettais les promenades nocturnes.

Mais ce n'est pas cela qui a gâché notre relation. Il a fallu quelque chose contre laquelle il était encore plus démuni.

Je n'ai pas un naturel jaloux, je sais bien qu'il y a des impératifs du désir et du cœur auxquels on ne peut pas faire autrement que de céder. J'ai fermé les yeux sur certaines passantes qui ont pu traverser quelque temps cet appartement.

Cela choquait beaucoup Klossowski, ce type de ménage à trois, comme il disait, ma tolérance, qu'il jugeait excessive et coupable. Klossowski, je l'aime bien, c'est même mon meilleur ami, mais il n'a pas les mêmes principes que les miens. Il est un peu psychorigide, pour tout dire — sa probité lui donne des airs de Caton, mais je le soupçonne de ne pas vraiment comprendre la vie ni le cœur humain. Ma tolérance, ce n'était pas de la complaisance. Ce n'était même pas de la générosité, et encore moins de la résignation, mais, lui disais-je à ces moments-là, un effet de ma compréhension peut-être plus fine que la sienne de la marche du monde. Je n'estimais pas, et j'avais raison, que la présence épisodique de ces créatures somme toute assez inconsistantes me spoliait ou me dépouillait de quoi que ce soit, ni ne m'humiliait. Elles ne mettaient jamais en péril la chère harmonie que nous avions réussi à instaurer entre nous, même si ça peut paraître choquant. C'est ce que n'a jamais compris Klossowski. Évidemment, quand on en a discuté tout à l'heure, il triomphait — enfin, il triomphait amèrement, parce qu'il voyait bien mon désarroi. En fait il avait de la peine d'avoir raison, d'une manière ou d'une autre. Mais je n'ai rien à me reprocher de ce point de vue.

Même lorsque Clémence a fait irruption dans sa vie et que j'ai aussitôt compris qu'elle n'était pas comme les précédentes, je n'en ai conçu aucune amertume. C'était même tout le contraire. Au moment où elle a franchi pour la première fois la porte de l'appartement, j'ai tout de suite vu quelle femme elle était, je dois vraiment avoir cette capacité de voir l'âme à travers le corps. Il m'en avait déjà un peu parlé, pour l'avoir rencontrée au cours d'un dîner où je n'étais pas allé pour cause de rhume. Je me rappellerai toujours ce moment. Elle s'est avancée un peu timidement sur le seuil, nous la regardions tous les deux, l'un à côté de l'autre, aussi intimidés et empruntés qu'elle. Je le sentais fébrile et manquant d'assurance plus encore que d'habitude. C'est moi qui ai fini par le pousser doucement vers elle, sinon on serait restés là jusqu'au réveillon à nous regarder en chiens de faïence. Il a fini par s'approcher d'elle et lui prendre la main avec hésitation pour la faire entrer. Il avait l'air d'un enfant — mais ça, c'est le genre de scènes émouvantes qui laissent de marbre Klossowski. Elle est entrée, après avoir chuchoté un bonjour presque imperceptible. Ils avaient l'air gauches, ces deux-là, comme des collégiens qui vont s'embrasser pour la première fois. Heureusement que j'étais là, finalement. Il s'est tourné vers moi, m'a regardé en souriant et a dit à Clémence : je te présente Floc, mon chien — et je me suis avancé.

Je crois que j'étais le seul, à ce moment-là, à

avoir un peu les pieds sur terre. Elle m'a regardé, m'a souri à son tour, un sourire charmant, timide, mais généreux. Ça m'a fait fondre, je dois le dire. Elle s'est accroupie, m'a caressé doucement la tête, a lissé mes oreilles d'une main prévenante et m'a dit : bonjour, Floc. Et j'ai compris qu'elle était différente de toutes les autres, que l'amour véritable se tenait là, *à la porte*, accroupi devant moi. Je l'ai vu lorsqu'elle a redressé la tête tout en continuant à me caresser et qu'elle l'a regardé, lui. C'était vraiment l'amour qu'on lisait dans ses yeux.

Il ne faut pas croire qu'elle m'a conquis parce qu'elle a ajouté, immédiatement après, que j'étais très beau. J'en ai connu des donzelles qui essayaient de le gagner en tâchant de m'amadouer avec leurs sucreries. Rien à voir. Si elle m'a conquis, *moi* — et je le dis sans aucune retenue : oui, elle m'a conquis —, c'est parce qu'elle l'aimait, *lui*, sincèrement, profondément, cela se voyait. Elle lui voulait du bien, chose rare, elle ne voulait que son bien, ce dont elle a d'ailleurs amplement fait la démonstration par la suite.

Quand j'ai retrouvé Klossowski, cet après-midi-là, je n'ai pas pu m'empêcher de lui dire tout cela, tout en prévoyant la réaction moralisatrice que cela ne manquerait pas de provoquer chez lui. Klossowski est plus âgé que moi et il profite souvent de cette différence d'âge pour se

160

montrer un peu pontifiant à mon égard, mais cela ne me gêne pas. C'est un caractère noble, bien qu'il soit d'une race assez obscure. Il a un franc-parler un peu rude, parfois, mais nous sommes liés par une indéfectible amitié, je le sais, depuis le premier jour où nous nous sommes rencontrés, lors de l'emménagement. J'étais un peu perdu, ce jour-là, mes repères un peu chamboulés. Il l'a vu, est venu à moi d'un pas tranquille pour me souhaiter la bienvenue et me proposer de me faire découvrir le quartier. Il a toujours eu avec moi cette attitude paternelle et protectrice, et il me l'a encore montré aujourd'hui. Je crois qu'il a une véritable tendresse à mon égard.

Jamais je n'ai remis en cause sa sagesse, même si nos avis divergent sur de nombreux sujets. Il m'a fait découvrir beaucoup de choses, étant par ailleurs d'une grande culture. Il la doit en partie, cette culture, au maître avec lequel il vit depuis plus de dix ans, un vieux monsieur assez renfermé et maniaque, qui possède une bibliothèque impressionnante, paraît-il (je ne suis jamais allé chez eux) — c'est aussi ce qui explique le nom donné à Klossowski. Souvent, nous avons des conversations passionnantes sur la littérature. Il a beaucoup moins voyagé que moi, il ne connaît pas Florence, juste un peu l'Auvergne où son maître possède une petite maison de campagne (une belle région, m'a dit Klossowski, mais je ne sais pas si c'est vrai, compte tenu de son caractère austère). Je crois que ses dispositions morales un peu intransigeantes tiennent précisément au type de relation qu'il entretient avec son vieux maître : ils ont toujours vécu seuls, tous les deux, et leur vie est réglée au quart de poil — cela dit sans aucune critique de ma part, mais ça explique des choses.

Le premier jour, nous avons parcouru les rues en bavardant et en reniflant çà et là. Il m'a présenté à plusieurs de ses connaissances, des voisins plus ou moins proches — parce que, même à Paris, il ne circule pas beaucoup —, notamment le rouquin, là, qui se fait appeler Marquis, un caractère arrogant. Je n'aime pas trop ses manières, à celui-là, et ce n'est pas avec ce qui s'est passé aujourd'hui que je vais changer d'avis. Klossowski non plus ne l'aime pas beaucoup, mais bon, on ne choisit pas ses voisins.

Depuis ce jour-là, nous avons pris l'habitude, Klossowski et moi, de nous voir au moins une fois par jour. Quand il pleut, nous allons nous mettre à l'abri sous le porche de la laverie, au bout de la rue, pour discuter. Je ne sais pas pourquoi, j'ai toujours bien aimé l'odeur qui s'exhale des laveries. Klossowski, lui, dit que c'est un endroit idéal pour observer la condition humaine — et c'est vrai qu'on en voit défiler de toutes les sortes (en fait, surtout des femmes). Parfois, on s'amuse à deviner de quel pays elles viennent. Mais Klossowski, même s'il a beaucoup moins voyagé que moi, connaît beaucoup mieux sa géographie, alors il est bien meilleur que moi à ce jeu. Parfois aussi, ça nous rend un peu mélancoliques : sur certains visages, il est facile de voir les marques de la misère, de la lassitude, surtout, qu'engendre la misère, de la nostalgie aussi. Ces femmes à l'air si fatigué, avec leur montagne de linge, de quoi habiller quatre, cinq, six enfants chacune.

Ça peut être très gai, quand même, parce que ça jacasse beaucoup, là-dedans. Ça rit souvent, des rires qui nous mettent le sourire aux babines, à Klossowski et à moi. Elles ont l'habitude de nous voir là, souvent elles nous saluent, quelquefois même elles nous donnent des gâteaux ou des sucreries (je raffole des pâtisseries arabes, mais on n'en a pas souvent et ça colle aux crocs). Et puis c'est toujours pour Klossowski une occasion de méditer sur la vie des hommes, leurs périls, leur méchanceté, leur fragilité, leur degré variable d'humanité. On a assisté, certaines fois, à de véritables bagarres, pour un sous-vêtement de l'une revendiqué par l'autre, pour un baril de lessive renversé. Il leur arrive de s'échanger des coups, ou de menacer de le faire. Dans ces cas-là, invariablement, Klossowski soupire : *un loup pour l'homme.* Mais moi, je comprends : ces gens ne sont pas naturellement méchants, ils sont pauvres, et de la lessive renversée, ce n'est pas rien quand on n'a pas de quoi terminer le mois. C'est la misère qui rend féroce : ils ne sont ni pires ni meilleurs que les autres, peut-être même meilleurs, compte tenu de la vie qu'ils doivent mener.

Bref, on reste là à regarder les gens passer, la pluie tomber, à bavarder. Quand il fait beau, on va flâner dans le quartier, jamais très loin. On parle de nos lectures, le maître de Klossowski a des goûts très pointus. Mais, ces derniers temps, on parlait beaucoup de Clémence — enfin, *je* parlais beaucoup de Clémence, c'est vrai. En fait, je n'ai jamais cessé d'en parler depuis qu'elle a franchi pour la première fois le seuil de notre appartement.

Au début, je me suis dit que cette douceur, cette délicatesse, cette réserve étaient simplement de la timidité, que, même, elle ne se sentait pas très à l'aise quand elle venait. Il faut dire qu'il était particulièrement gauche, je ne l'avais jamais vu comme ça. C'est qu'il était très amoureux. Pourtant, je faisais tout pour la mettre à l'aise, j'en rajoutais dans les démonstrations d'affection, je me permettais même des trucs un peu lourds, comme de me rouler sur le dos à ses pieds ou de japper comme un chiot : ça la faisait rire. D'accord, ce n'était pas très fin et Klossowski, quand je le lui racontais, m'avertissait de ne pas trop en faire. Mais c'était sincère, elle était tellement gentille. Et j'ai compris que ce n'était pas de la timidité, qu'elle était vraiment la personne la plus délicate, la plus fine que j'avais connue, un peu fragile, peut-être. Je ne voudrais pas remuer le couteau dans la plaie, mais ça m'étonnerait qu'on rencontre souvent des êtres aussi capables d'amour. Et très jolie. Ça, je l'ai tout de suite dit à Klossowski, ça m'avait frappé dès le début, un beau visage pur, pas un visage d'enfant, non, un vrai visage de femme, mais limpide comme si elle n'avait jamais connu le mal, précieux mais sans préciosité — n'en déplaise à Cerbère.

Cerbère, c'est le chat de la voisine, avec qui j'entretiens des relations un peu orageuses. Ce n'est pas qu'on se déteste, loin de là, mais je n'aime pas trop son espèce de nonchalance faussement aristocratique, ni son indiscrétion, ni sa façon de faire des histoires pour tout. On dirait qu'il ne vit que pour ça, les petites histoires des uns et des autres, et il en rajoute. En fait, je crois qu'il fait un énorme complexe, en raison de son nom. C'est vrai que ce n'est pas très intelligent d'avoir appelé un chat Cerbère, et il est fort probable (c'est ce que soutient Klossowski) que ça induit des troubles psychologiques.

Il ne quitte pratiquement jamais la cage d'escalier, il y passe tout son temps, il fouine partout, un vrai concierge, il va même écouter aux portes.

Alors, évidemment, il n'a pas raté l'arrivée de Clémence et il s'est tout de suite fait une opinion : il l'a trouvée *affectée*. C'est bien la preuve qu'il ne comprend rien aux femmes — et pourtant il loge chez une jeune femme. Je crois qu'il était simplement jaloux, parce qu'elle ne lui a jamais vraiment prêté attention (et pourtant, chaque fois qu'elle venait, il se postait bien en vue tout en feignant l'indifférence). Quelques jours après la visite de Clémence, il m'a dit : tu verras, ça ne va pas marcher entre eux.

En quoi il se trompait complètement, le matou. Mais c'est aussi qu'il considère sa maîtresse comme la femme idéale, alors évidemment. C'est vrai qu'elle n'est pas déplaisante, sa maîtresse, mais, je suis désolé, ce n'est pas Clémence. Et puis il s'est mis à prophétiser des histoires compliquées — il adore les histoires compliquées et même, au besoin, il les invente, comme cette histoire de cambriolage bizarre chez lui, l'ex-ami de sa maîtresse qui se serait introduit la nuit, comme ça, il l'aurait aperçu dans la cuisine et la salle de bains, tout ça. Personne n'a rien vu, rien entendu. Ça, ça lui plaît, ce genre d'histoire, il en fait des romans. Il m'a dit : tu vas voir, ça va mal se terminer cette histoire, comme avec l'ex-ami de ma maîtresse. N'importe quoi.

Son jugement m'a agacé, parce que Clémence n'était vraiment pas du genre à faire des histoires.

D'accord, ma réaction a été un peu brusque et pas très intelligente, mais il l'avait cherché à la fin, avec ses prophéties à deux sous, ses mauvais pressentiments et tout ça. Je lui ai dit : ça, c'est bien des propos de chat noir, toujours à porter la poisse. Évidemment, il l'a très mal pris et il avait un peu raison : c'était vraiment nul comme remarque. On a été brouillés pendant un certain temps, mais j'ai fini par aller lui faire mes excuses (sur les conseils de Klossowski) et nous nous sommes réconciliés. Du coup, il est reparti de plus belle. Heureusement, je ne l'écoutais que d'une oreille. Je ne suis pas spécialement superstitieux, je n'ai pas de préjugés, et, finalement, je l'aime bien, Cerbère : il n'est pas méchant, simplement il s'ennuie. Mais ça ne me plaisait pas trop, je ne sais pas pourquoi, de toujours l'apercevoir tapi dans un coin de l'escalier, à observer, chaque fois que Clémence venait nous rendre visite ou qu'elle quittait l'appartement. C'est vrai, ai-je dit à Klossowski, ce n'est pas parce que c'est un chat noir, je ne dis pas qu'il porte vraiment la poisse, mais je n'aime pas la façon dont il la regarde, avec cet air par en dessous, avec cet air d'en savoir long sur l'avenir. Qu'est-ce qu'il en sait ? Ce n'est qu'un chat, après tout. C'est indéniable, m'a dit Klossowski, mais justement, il ne faut sous-estimer ni son intuition ni son savoir : elles ont neuf vies, ces bêtes-là, pas comme nous, et peut-être en savent-elles bien plus long. Mais moi, à regarder Cerbère, je suis persuadé qu'il n'en est qu'à la première, de ses neuf vies. Ce n'est pas le perdreau de l'année, d'accord, mais il n'est pas si savant que ça. En fait, je ne suis pas sûr qu'il ait un bon fonds. Parfois, j'avais vraiment l'impression qu'il espérait que ça finisse par aller mal.

Mais ils se sont aimés comme jamais. Un vrai conte de fées, a ironisé Marquis. Et alors ? Oui, justement, un vrai conte de fées, et c'est pas la peine de prendre des airs cyniques. Quand la porte se refermait sur Clémence, après le dernier baiser (et, sans vouloir être impudique, il pouvait durer longtemps, celui-là), quand il revenait vers moi, je voyais bien qu'il avait les larmes aux yeux. Il s'allongeait, il posait sa tête tout contre moi, en silence, et je sentais encore sur lui le parfum de Clémence.

Elle était joyeuse, aussi.

Tu ne crois pas que tu en rajoutes un peu, dans les qualités ? m'a dit Marquis. Ça fait un peu trop : belle, sensible, délicate, raffinée, gaie. Il s'est tourné vers Klossowski : je suis sûr qu'en plus elle a gagné le prix Nobel d'astrophysique et qu'elle sait très bien faire la cuisine. Il est vraiment déplaisant, ce chien. N'empêche que quand je la lui ai montrée dans la rue, il a marqué un temps d'arrêt. Et comme il a des manières assez vulgaires, il n'a pas pu s'empêcher d'aboyer dans sa direction. Oui, elle était joyeuse. Sans le vouloir, elle s'était substituée aux tas des demi-mondains qui avaient pendant un temps empuanti l'atmosphère de l'appartement. Elle le rendait gai, parfois même enfantin. Et Marquis a beau ricaner à propos du prix Nobel, elle poursuivait vraiment des études sur quelque chose de très compliqué, de très sérieux. Et tu crois qu'elle est comment, au lit ? a demandé Marquis. Quel clébard vulgaire.

Elle restait de plus en plus longtemps dans l'appartement, parfois trois, quatre, cinq jours avant de rentrer chez elle. Ils travaillaient chacun de leur côté, s'interrompaient, s'embrassaient, riaient, se remettaient au travail, s'interpellaient d'un bout à l'autre de l'appartement, replongeaient dans un silence profond. Ils buvaient du thé. Incroyable ce qu'ils en buvaient, ça doit être particulièrement efficace pour le cerveau humain. J'en ai goûté une fois : une horreur. Évidemment, Cerbère, lui, soutient que c'est *excellent*, très raffiné, très délicat, tout ça, et il fait des mines. Pauvre chat.

Parfois, il m'entraînait dans le bureau, se mettait devant l'une de ses bibliothèques, désignait tous les livres qui s'y trouvaient et me demandait : à quel livre crois-tu qu'elle appartienne ? À quel personnage crois-tu qu'elle ressemble ? En vérité, je n'aimais pas trop ce petit manège. J'avais envie de lui dire : mais mon bonhomme, quelle importance ? On est dans la vie réelle, ici. Mais Klossowski m'a dit : on voit bien que tu n'as jamais lu Proust (c'est vrai, je ne l'ai jamais lu, tandis que son maître lui a lu l'intégrale de la *Recherche*. Je crois que j'aurais craqué). Parce que, au début, il y a un passage où Swann retrouve les traits d'Odette dans un Botticelli et c'est comme ça qu'il tombe amoureux. Le prisme de l'art, c'est nécessaire, tu comprends ? m'a-t-il dit. Pour les hommes, c'est aussi vital que l'air pour nous. C'était curieux de me parler de ça sous l'auvent de la laverie : le prisme de l'art, on le distinguait mal de cet endroit. Et puis d'ailleurs, je n'ai pas lu Proust, mais, d'après ce que m'en a raconté Klossowski, on ne peut pas dire que ça l'ait vraiment rendu heureux, ce Swann.

On sortait beaucoup, tous les trois. Au début, bien sûr, je ne voulais pas trop m'imposer (fais-toi un peu discret, m'avait sagement conseillé Klossowski), mais elle insistait pour que je les accompagne, alors je ne me faisais pas prier. On a passé de belles soirées — comme par exemple le dernier réveillon chez le voisin du dessus, celui qui s'intéresse aux insectes (s'intéresser aux insectes, ai-je dit à Klossowski, il faut vraiment que l'homme s'ennuie pour avoir ce genre de préoccupations. Mais Klossowski m'a dit doctement :

« Un roi sans divertissement est un homme plein de misère »). Il y avait une bonne ambiance dans cette soirée, on s'y amusait bien, même si la plupart du temps j'ai préféré rester dans le bureau pour ne pas les déranger — et puis je n'aime pas trop danser. Tout le monde était très gai, à part un type, je ne sais pas qui c'était, qui avait l'air malheureux comme les pierres et qui m'a caressé longuement avec mélancolie avant de partir — les gens qui vous caressent longuement, en général, je m'en méfie : c'est qu'ils ont toujours une peine dans le cœur qu'ils cherchent à adoucir avec vos poils. Ç'a un peu terni ma gaieté, de le voir comme ça, ce garçon, avec son air d'avoir pris une cheminée sur la tête. Et c'est peut-être une interprétation rétrospective, mais j'ai eu un mauvais pressentiment (rien à voir avec les prophéties de Cerbère). De fait, ce réveillon a été un des derniers moments de vraie joie sereine. C'est un peu comme si les douze coups de minuit avaient sonné le glas.

Il s'est mis à un nouveau livre. Et c'est là que les choses ont commencé à se gâter.

Depuis un moment, il s'était lancé dans une relecture des Tragiques grecs. Il m'en lisait de longs passages presque tous les soirs, à moi et aussi à Clémence, lorsqu'elle était là. J'adorais ça — et ça a nourri beaucoup de nos conversations à Klossowski et à moi. Mais l'effet en a été désastreux, ça, on peut le dire. Je ne dis pas qu'il ne faut pas lire les Tragiques grecs, mais ce n'est pas une lecture sans risque, c'est tout. Marquis dit avec emphase que ça parle de choses éternelles, de la condition des hommes (rarement de celle des chiens il faut le dire et, d'ailleurs, de manière assez peu flatteuse), du sens de la vie, du destin, etc., mais il n'y connaît strictement rien, il prend juste des airs : il croyait que Sophocle, ça désignait un genre particulier de lunettes. (Monocle, crétin, ou binocle.)

Au début, ces lectures avaient un vrai pouvoir enchanteur. Je calais ma tête sur les genoux de Clémence, elle me lissait doucement les oreilles (j'adore ça) et on écoutait avec ravissement les plaintes d'Antigone et les malédictions de Clytemnestre (j'ai connu une chienne qui portait ce nom et, franchement, elle ne l'avait pas volé). J'allais dormir dans le bureau, la tête toute pleine de noms bizarres et de tragiques méprises.

Mais ces lectures ont incontestablement fait dévier le cours de cette si belle histoire. Fasciné qu'il était par cette poésie magnifique, il s'est mis en tête d'y trouver l'inspiration pour son prochain livre. Plus précisément, c'est le *Philoctète* de Sophocle qui est devenu le centre de ses préoccupations. Je me demande ce que cela aurait donné s'il s'était plutôt adonné aux comiques, Aristophane par exemple — au moins, m'a dit Klossowski qui connaît tout, tu aurais appris des gros mots en grec ancien. Au départ, il s'agissait plus ou moins de faire une adaptation de la pièce. Jusque-là, rien de grave, si ce n'est que le travail n'avançait pas comme il le voulait et que ça l'énervait beaucoup. Mais j'avais l'habitude de ces périodes de doute et de stagnation. La douceur de Clémence contribuait d'ailleurs beaucoup à apaiser ses angoisses. Et puis il a abandonné l'idée d'une simple adaptation pour réécrire carrément la pièce sous forme de récit. Ce n'était pas une mauvaise idée, d'autant qu'il avait décidé d'y introduire un peu d'humour et de se référer plus librement à la pièce originale. (Ça se passait sur un toit, par exemple. Complètement artificiel, a dit Cerbère, et pourquoi pas dans un supermar-ché ou sur un terrain de golf ? C'est pour faire *moderne* ? Original ? Si Cerbère se pique de litté-rature, maintenant, on est foutus. Moi, je savais pourquoi il avait choisi un toit. J'ai plissé à moi-tié les yeux, comme si je regardais très loin, et je lui ai dit d'un air mystérieux : tout cela a un sens. Ça l'a calmé.) Mais pour ce faire, il a dû se plon-ger toujours plus profondément dans la lecture de la pièce, afin d'écrire ce qu'il avait décidé désormais d'intituler *L'élément tragique*.

C'est cette lecture intensive qui a progressive-ment modifié son comportement, l'immersion quotidienne dans les plaintes, les gémissements et les malédictions de Philoctète. Peut-être en réalité cette lecture réveillait-elle quelque chose de profondément enfoui en lui — c'est l'hypothèse que m'a soumise Klossowski tout à l'heure. Chez les humains, m'a-t-il dit, il y a des choses cachées qu'il ne faut pas réveiller. Je me demande si Klossowski ne fait pas un peu trop de cas de la littérature. Toujours est-il qu'il est devenu, comment dire, perméable au tragique destin de Philoctète. Enfin, pas si tragique que ça, tout de même, parce que ça se termine plutôt bien, il ne faut pas l'oublier, et c'est ce que j'ai dit tout à l'heure à Klossowski. Je lui ai dit : s'il avait *vraiment* lu la pièce jusqu'au bout, il ne nous aurait pas emmerdés comme ça, pardon pour la grossièreté. Mais je sais très exactement ce qu'il a trouvé dans le *Philoctète* et qui a tout gâché, la chose la plus injustifiée compte tenu de sa situation, la plus absurde et la plus incurable : le *sentiment d'abandon* (l'élément tragique).

J'ai dit à Klossowski tout à l'heure : on voit bien qu'il n'a jamais été abandonné sur une aire d'autoroute au moment des grandes vacances. Il aurait vraiment su ce que c'est. Tout ça, ce sont des tourments d'enfant gâté.

J'ai bien vu qu'il s'assombrissait de jour en jour et qu'il devenait à la fois plus nerveux et plus mélancolique. Clémence aussi, évidemment, s'en est aperçue. Il faut dire que ça sautait aux yeux :

même en sa présence, il avait désormais tendance à regarder dans le vide (en fait, il regardait Philoctète qui devait se balader en permanence dans l'appartement, ou plutôt sur le toit d'en face), on voyait bien qu'il était ailleurs, et pas sur la rive radieuse des Champs-Élysées. Et elle était suffisamment intelligente (elle était *très* intelligente) pour comprendre qu'on ne pouvait pas le sortir de cet état stupide simplement en proposant une partie de crêpes ou une sortie au cinéma. Mais comment faire ? Moi aussi j'étais attristé de le voir ainsi, mais agacé aussi par cette complaisance. J'avais envie de lui dire : mais bon Dieu, regarde un peu autour de toi, regarde Clémence, regarde-moi, qu'est-ce que c'est que ce sentiment d'abandon ? Mais même à moi, lorsque Clémence était partie, il me parlait de moins en moins. Il se repliait sur lui-même, devenait inaccessible. En revanche, pour soupirer, alors ça, il soupirait. Une vraie grand-mère. La pauvre Clémence, ça l'ébranlait de le voir dans cet état d'affaiblissement chronique. Elle le prenait dans ses bras en silence, comme on fait avec un enfant, lui caressait longuement les cheveux, elle lui murmurait (je l'entendais) : je suis là, je suis là. Est-ce qu'il l'entendait ? Je ne sais même pas. C'était comme si rien ne parvenait à le sortir de cet incroyable sentiment de solitude qu'il avait contracté en lisant et en relisant *Philoctète*.

Par moments, il regardait fixement Clémence et il lui demandait : est-ce que tu m'aimes encore ? Il fallait être complètement aveugle, pour poser ce genre de question, c'est incroyable. Il faut vraiment chercher les ennuis. Est-ce que tu m'aimeras toujours ? C'est usant, à la fin, ces questions. Quand on est pris dans ce genre de doute vertigineux, il faut le savoir, *rien* ne peut plus vous rassurer. Ne m'abandonne pas, murmurait-il, mais en réalité, il se sentait *déjà* abandonné, pas trahi, non, abandonné, comme Philoctète sur son île. Il en cauchemardait la nuit. Ça a fini par prendre des dimensions pathologiques. Quand Clémence regagnait son appartement et qu'il se retrouvait seul avec moi, quand la porte se refermait sur elle, il était saisi d'un véritable désespoir d'enfant. J'avais beau le pousser du museau, me fourrer dans ses pattes, essayer de le divertir (et j'ai vraiment fait le clown à cette époque, jusqu'à ce que je finisse par me lasser), rien à faire. Il se mettait à pleurer sans raison.

Clémence lui a proposé d'aller voir quelqu'un — parce que lui dire Je t'aime toute la sainte journée n'avait strictement aucune efficacité, si ce n'est user les mots. Il n'a pas voulu. Je ne sais pas s'il se rendait compte à quel point il finissait par user nos nerfs, à Clémence et à moi. Il aurait pu tout de même comprendre que son angoisse et sa mélancolie étaient minantes pour tout le monde et à quel point il créait lui-même la situation dans laquelle il pensait déjà être et dont il voulait désespérément sortir. Il a fini par rendre réel ce qui était purement imaginaire. Mais c'était plus fort que lui. Cerbère m'a dit : ça ne sent pas bon, tout ça, il est en train de tout foutre en l'air, avec ses angoisses imaginaires. Et pour une fois, il avait raison : il était en train de tout foutre en l'air, et particulièrement Clémence.

Elle repartait éreintée, déprimée, malheureuse. Un jour, il lui a dit : je sais que tu vas m'abandonner, et je ne peux rien contre ça. C'est le genre de phrases qui démolissent les meilleures volontés du monde et qui réalisent ce qu'elles prophétisent. Clémence était effondrée et, pour la première fois, j'ai vu son bras se détacher de lui et pendre avec une triste lassitude. Comment peut-on s'acharner ainsi contre son propre bonheur, comme si c'était quelque chose d'insupportable ? J'ai compris que c'était la fin, qu'elle allait déposer les armes et, franchement, on ne peut pas lui en vouloir — elle a vraiment fait tout ce qu'elle a pu. Il aurait pu être le plus heureux des hommes. Mais ça, m'a dit Klossowski, c'est typique des humains : démolir consciencieusement ce qui peut les rendre heureux, ne pas savoir résister au doute. Et tu ne peux rien, m'a-t-il dit, absolument rien, contre ce sentiment de solitude qui les tenaille. Tu peux être le meilleur compagnon, leur prodiguer toute ton affection, ça ne sert à rien. C'est une véritable maladie congénitale, quelque chose qui finira par décimer l'espèce humaine.

Non, Clémence ne pouvait rien contre ça, elle a fini par le comprendre. Si elle l'a quitté, ce n'est même pas par instinct de survie. Elle ne l'a pas quitté parce qu'elle ne l'aimait plus, mais parce qu'elle ne pouvait rien faire et qu'elle n'en pouvait plus. Elle aussi a dû se sentir horriblement seule.

En plus il était devenu d'une incroyable agressivité. On entendait dans sa voix ronfler les malédictions de Philoctète. J'avais envie de lui dire : bon sang, regarde ce que tu es en train de faire. Au moins, prends sur toi, bon Dieu. Comment font les autres, hein ? Comment font ceux qui n'ont pas de Clémence, qui n'ont même pas de chien Floc, hein ? Personne ne t'abandonne sur une île déserte, tout de même, c'est toi qui t'y mets tout seul. Mais c'était comme si, à lui tout seul, il avait assumé toute la condition d'homme — l'élément tragique, comme il disait. Si seulement il avait lu *Alice au pays des merveilles* au lieu de Sophocle.

Elle lui a dit doucement qu'elle ne pouvait plus, qu'elle ne savait plus ce qu'elle pouvait faire. Et elle pleurait. J'étais en rage, en rage, j'avais envie de le mordre, de lui foutre ma patte dans la figure. Mais lui, il était là, il regardait dans le vide, il hochait la tête mécaniquement. Il n'a rien dit. Elle lui a rendu les clefs de l'appartement, et elle est partie. Il ne s'est même pas levé. Simplement, de grosses larmes lui sont venues aux yeux, et il a pleuré des jours entiers.

J'étais accablé par son malheur et par le départ de Clémence, accablé par ce gâchis. Mais j'étais aussi furieux. Il est resté comme ça des jours entiers, il ne mangeait plus. Ne t'inquiète pas, m'a dit Cerbère, il n'en mourra pas : « Cette maladie n'est pas à la mort. » Je ne sais pas où il a été pêcher cette phrase mais, soit dit en passant, je commence à en avoir assez que cet immeuble et cette rue se transforment systématiquement en salon littéraire. C'est ce que j'ai dit à Cerbère : vous m'emmerdez, à la fin, avec votre littérature, on voit à quoi ça mène.

C'est vrai qu'il n'en est pas mort, Dieu merci, mais quand il a retrouvé des forces et un peu de lucidité, quand il a constaté le désastre, alors là, quel enfer. Il se cognait la tête contre les murs, criait, envoyait tout balader. Il a vraiment commencé à me taper sur les nerfs. Il s'est mis à mal me parler, comme si j'étais responsable. Quand j'essayais de lui faire entendre raison (j'ai de la patience, tout de même), il me repoussait avec brutalité, cet ingrat. Et tu crois que ça l'a refroidi dans ses lectures ? ai-je dit à Klossowski, tu parles, oui, il s'y est remis de plus belle.

Alors, oui, c'est vrai, j'ai fini par craquer, mais il faut me comprendre aussi, entre ses lamentations et ses agressions verbales. Et c'est tout à l'heure que ç'a atteint le point de non-retour : il m'a tellement mis en rogne que je suis allé dans le bureau et j'ai consciencieusement déchiqueté son exemplaire du *Philoctète*. Je l'ai carrément démantibulé, j'ai bouffé des pages entières et, pour clore le tout, j'ai ramené ce qui restait du bouquin pour le déposer à ses pieds.

Quand il a vu ça, il s'est mis dans une fureur noire, au lieu de comprendre que j'avais fait ça pour son bien. Il m'a fait peur, pour la première fois de ma vie. Avec un regard de fou, il a cherché n'importe quoi à portée de main, j'ai senti qu'il allait devenir violent. Tout ce qu'il a trouvé, c'est une de ses chaussures qui traînait là. Et avant que j'aie le temps de me réfugier dans le bureau, il l'a saisie et l'a lancée sur moi. *Il a lancé la chaussure sur moi.* C'est la première fois qu'il faisait preuve de violence à mon égard. Et il a même ajouté : fous le camp, sale chien. Je le jure, c'est ce qu'il a dit, textuellement : fous le camp, sale chien.

Alors, là, non : il y a des limites à ne pas dépasser. Je veux bien qu'il soit malheureux — par sa faute — mais ça ne justifie pas le recours aux insultes et à la violence. J'ai évité de justesse la chaussure, mais pas l'insulte. Je me suis dit : O.K., tu le prends comme ça, mon garçon ? Tu veux que je foute le camp, comme tu dis ? Eh bien, il ne faut pas me le dire deux fois. Moi non plus, je ne reste pas avec un malade, violent de surcroît. Au lieu de filer dans le bureau, je l'ai regardé froidement, pour qu'il comprenne bien ma désapprobation, et je suis allé jusqu'à la porte d'entrée où j'ai gratté pour qu'il me laisse sortir. Comme il était toujours hors de lui et que décidément cet abruti ne comprend rien à rien, il m'a suivi et a ouvert la porte en disant : tu as raison, tiens, va-t'en, je ne veux plus te voir. Quel ingrat. Mais je n'allais pas partir comme ça, c'était trop facile. Alors je suis retourné en courant dans le salon, j'ai piqué la chaussure qu'il avait jetée sur moi, j'ai traversé le couloir comme une flèche devant lui et j'ai détalé dans les escaliers avec la chaussure dans la gueule. Et bien fait pour lui.

Au bas de l'escalier, je suis tombé sur Cerbère, évidemment — toujours à se planquer dans un coin, celui-là, pour guetter les allées et venues de tout le monde. Il m'a regardé avec surprise : qu'est-ce que tu fous avec une godasse dans la bouche ? C'est pour faire mon jogging, ça te dérange ? Il commence sérieusement à m'énerver, celui-là aussi.

Comme il fait beau aujourd'hui, j'ai retrouvé Klossowski, au coin de la rue, qui somnolait au soleil. Il a tout de suite vu que quelque chose n'allait pas. Je me suis tiré, lui ai-je dit en m'allongeant un instant à côté de lui, j'en ai marre. Et la chaussure ? C'est la sienne : figure-toi que cet abruti me l'a balancée à la figure, non mais tu te rends compte ? Alors je la lui ai piquée avant de partir, il aura l'air fin comme ça. Tu es très énervé, n'est-ce pas ? m'a demandé Klossowski après un moment de silence. Tu parles, que je suis énervé, je suis furax, oui. C'est vraiment un sombre imbécile, qui en plus devient brutal. Tu ne crois tout de même pas que je vais rester là, passivement, avec un individu de ce genre, à me prendre des chaussures sur la tronche ; les chiens battus, j'en connais. Tout ça simplement parce qu'il a gâché sa vie par pure bêtise. Pas par bêtise, a murmuré Klossowski : par mélancolie, il était malheureux. Par bêtise, je pèse mes mots, cette mélancolie, c'est de la bêtise, ce sentiment tragique, c'est de la bêtise. Il a beau être écrivain, lettré, tout ce que tu voudras, il a un petit pois dans la tête. Il est juste suffisamment intelligent pour comprendre à quel point il a été stupide, c'est tout. Et pour se consoler, il ne trouve rien de mieux que me balancer sa chaussure à la figure. Mais ça va lui passer, a dit Klossowski, c'est normal, il est très malheureux. Il n'a rien contre toi, évidemment, il t'aime. Oui, il m'aime comme il a aimé Clémence et si c'est pour me faire détruire comme elle, non merci, je préfère partir avant. D'ailleurs il m'a dit de foutre le camp. Mais il ne le pensait pas vraiment, a dit Klossowski, c'était sous l'effet de la tristesse (je n'ai pas parlé du livre déchiqueté à Klossowski), je suis sûr qu'il s'en veut déjà. Dans ces cas-là, il faut attendre que l'orage passe, il faut faire le gros dos. Le gros dos, c'est bon pour les chats, il n'a qu'à qu'à adopter cet imbécile de Cerbère, il pourra lui taper dessus tant qu'il veut.

Je me suis tu et on est restés un moment en silence.

Après quelques minutes, Klossowski m'a demandé : qu'est-ce que tu comptes faire, maintenant ? Je ne sais pas encore, mais je ne refous pas les pattes chez lui. Klossowski a réfléchi un moment. Le problème, m'a-t-il dit, c'est que je ne peux pas t'accueillir chez moi, tu comprends ? Ne t'inquiète pas, c'est gentil, mais je vais me débrouiller. On s'est mis à parler de la vie en général, des problèmes des hommes. Je voyais bien qu'il cherchait à m'apaiser, mais j'étais trop remonté. Je me sentais à la fois triste et furieux. J'ai fini par lui dire : je vais faire un tour, ça va me calmer, on se revoit plus tard.

Mais je n'avais pas fait dix mètres que je suis tombé sur Marquis. Hé, m'a-t-il dit, t'as une superchaussure, tu me la prêtes un instant ? Pas touche, ce n'est pas un jeu. Ça n'a pas l'air d'aller, je me trompe ? T'occupe. Allez, passe-moi ta chaussure, qu'on rigole. J'ai posé la chaussure par terre, je l'ai regardé bien droit dans les yeux et je lui ai dit : si tu touches à cette chaussure, je te fends la truffe, compris ? Oh là là, c'est qu'il s'énerve, le setter. Je voulais juste jouer avec pendant cinq minutes, c'est tout. Mais si c'est une relique, O.K., j'y touche pas. Il me regardait avec un petit air narquois. Je lui en aurais volontiers collé une. C'est bon, vas-y, a-t-il fini par me dire avec dédain, tu peux l'emporter, ta godasse. Comme si j'avais besoin de sa permission. Non mais il se croit où, cet animal ? Il se prend pour le roi du quartier ou quoi ? J'ai repris la chaussure et je suis reparti.

Mais je ne savais plus trop quoi faire ni où aller. J'ai erré un peu çà et là. Les gens me regardaient avec curiosité, comme s'ils n'avaient jamais vu un setter avec une chaussure dans la gueule. Moi, je repensais à toute cette histoire. J'ai pensé à Clémence et, même, un moment, je me suis demandé si je n'irais pas la voir. Je sais que, elle, elle m'hébergerait, au moins pour une nuit. Mais je n'ai pas son adresse. Alors j'ai continué à divaguer un peu au hasard et je me suis finalement retrouvé sur le pont qui enjambe les voies ferrées. De là, je pouvais même voir les fenêtres de notre appartement. J'ai posé la chaussure et je suis resté là. Un beau gâchis, vraiment.

J'en étais à méditer sur l'ingratitude des hommes, lorsque j'ai vu Marquis s'approcher de loin. Il m'avait suivi, ce chafouin, mais cette fois, il n'était plus seul, il avait rameuté deux copains à lui, ramassés je ne sais où. J'ai bien compris que c'était après la chaussure qu'ils en avaient. Tu ne peux pas me foutre un peu la paix, non ? lui ai-je lancé de loin. Allez, laisse-nous jouer un peu. Allez vous amuser ailleurs, j'ai besoin d'être tranquille aujourd'hui. Mais ils n'avaient pas l'air décidés à me laisser en paix. Alors j'ai repris la chaussure, je suis repassé devant eux sans rien dire mais sur mes gardes, et j'ai regagné la rue de l'immeuble.

Mais ils étaient vraiment décidés à me la faucher, cette chaussure. Je me suis dit : après tout, je pourrais la leur laisser, si ça les amuse, je n'en ai plus rien à faire de cette chaussure. Mais, je ne sais pas, malgré ma colère, ma rancœur, j'avais des scrupules. Qu'est-ce qu'ils en savaient, de toute mon histoire ? Qu'est-ce qu'ils pouvaient savoir de ce qu'elle représentait pour moi, cette chaussure ? Alors j'ai accéléré le pas — et eux aussi. On s'est mis à courir. Ces abrutis m'avaient pris en chasse. J'ai d'abord songé à retrouver Klossowski, qui a suffisamment d'autorité dans le quartier pour mater ces petites frappes. Je me suis mis à courir, mais avant d'atteindre le bout de la rue, j'ai vu une porte qui s'ouvrait, la porte de l'immeuble mitoyen du nôtre. C'était une vieille dame que je connais un peu, qui sortait faire ses courses avec un jeune homme. Je me suis engouffré dans le couloir sans réfléchir par la porte ouverte. Eh bien, Floc ? a lancé joyeusement la vieille dame, qu'est-ce que tu fais là, mon chien ? Je sais qu'elle m'aime bien, mais je n'avais pas le temps de lui dire bonjour. Elle m'a laissé passer en souriant et, bien fait pour eux, elle a claqué la porte de l'entrée à la gueule de ces trois cabots (je crois qu'elle ne porte pas Marquis dans son cœur). Ils sont restés à japper des grossièretés, le nez contre la porte.

Le couloir débouchait dans la cour intérieure sur laquelle donnait aussi notre appartement. J'étais à l'abri, mais un peu coincé. J'ai aperçu au fond les poubelles vertes et jaunes et un amoncellement de caisses, un muret, des degrés qui menaient au toit. J'ai escaladé tout cela et je suis parvenu jusqu'au toit avec la chaussure dans la gueule.

Et maintenant, me voilà. Je suis couché sur le toit, en face des fenêtres de l'appartement, avec la chaussure posée devant moi, sur le rebord de la gouttière. Il n'a pas tardé à m'apercevoir, parce qu'il se tenait à la fenêtre. Il me regarde d'un air triste.

Quand j'y pense, c'est vraiment une situation grotesque, lui à la fenêtre, moi sur le toit d'en face avec sa chaussure. Mais il l'a cherché. Seulement, moi aussi, je me sens un peu abandonné.

8

Secourisme

Quand je raconte cette histoire à mon petit-neveu, il prend un air pincé, ça m'amuse. J'ai beau avoir dépassé les quatre-vingts ans, j'ai l'impression qu'il est plus vieux que moi. Il se donne des airs, il prend des poses de père de famille, c'est vrai qu'il a une femme (pas très jolie d'ailleurs) et un fils qui vient s'ennuyer ici le dimanche, une fois par mois, un pavillon et une voiture à crédit. Il est agent immobilier, ce n'est pas rien, ça donne des responsabilités, ce n'est pas comme une vieille dame qui vit toute seule et qui n'a rien d'autre à faire dans la journée qu'aller acheter une botte de poireaux à l'épicerie du coin et bavarder avec M. Khader qui tient la boutique. Je l'aime bien, évidemment, mon petit-neveu, mais parfois il m'agace. Comme s'il sauvait la planète chaque fois qu'il vend un deux-pièces. Quand je pense à ce qu'il faisait quand il était jeune. Il a dû certainement l'oublier, mais pas moi. On peut dire qu'il en a fait, des bêtises. Mais il est dévoué, il vient me voir régulièrement, il m'aide pour un tas de choses, la plomberie, l'électricité. Bon, il n'a pas une conversation extraordinaire, c'est vrai, mais on passe le temps. Je ne crois même pas qu'il vienne me voir par obligation, c'est un bon garçon dans le fond, mais on n'a pas beaucoup de choses à se raconter — moi, les questions de crédit immobilier ou les différentes sortes de robinets qu'il faudrait que je m'achète, ça ne me passionne pas trop. Mais pour lui faire plaisir, je prends des notes, je dis : oui, oui, d'accord, tu as raison. On prend le thé ensemble, il vient avec son petit attaché-case. Il porte toujours le même costume, ou bien il l'a acheté en dix exemplaires. Si j'avais su qu'il finirait par ressembler à ça, lui qui avait une boucle dans l'oreille et portait des pantalons déchirés. Ce n'est pas que j'appréciais vraiment ça, mais il était touchant, avec ses airs d'être un peu perdu dans la vie. C'est pour ça que, maintenant, quand il prend son air pincé en regardant sa tasse à thé, comme aujourd'hui, ça m'agace un peu. J'ai envie de lui dire : tu sais, il n'y a pas si longtemps. Enfin bon.

Cette histoire, visiblement, ça ne lui plaît pas beaucoup, et même pas du tout. Évidemment, il ne va pas me faire la morale, pas à une vieille femme, mais ce n'est pas l'envie qui lui manque. Je crois qu'il y a des choses qu'il n'est plus capable de comprendre, maintenant qu'il possède son pavillon et qu'il a remisé je ne sais où sa boucle d'oreille. Tu sais, lui dis-je, c'était vraiment agaçant, cette situation. Il hoche la tête : bien sûr, bien sûr, mais. Mais quoi ? Ça ne se fait pas, c'est ça ? Il doit se dire finalement, mais gentiment, que je suis un peu gâteuse, que la sénilité me guette. Peut-être croit-il que je me fais abuser. Je sais bien que ça part d'un bon sentiment. Ce n'est pas pour l'héritage qu'il s'inquiète, vu que je n'ai rien, à part cette vieille croûte accrochée au mur de ma cuisine, sous laquelle on prend le thé ensemble, un bord de mer peint par mon défunt mari quand il jouait les peintres du dimanche. Il m'a toujours soutenu que c'était la baie de la Napoule, où nous avions passé des vacances. Franchement, je ne trouve pas ça très ressemblant, même si je ne me souviens plus très bien de la Napoule. Déjà, à l'époque, je n'avais pas trouvé ça très ressemblant — évidemment, je ne le lui ai jamais dit. Il n'était pas doué pour la peinture, c'est tout, il n'y a pas de quoi en faire un drame, ni un secret de famille. Mon petit-neveu lui aussi possède un de ses tableaux, le pauvre, c'est sa femme qui ne doit pas être ravie d'avoir chez elle un coucher de soleil orange, ou plutôt des pins parasols, oui c'est ça, des pins parasols, qui ressemblent plus à des parasols qu'à des pins, je m'en souviens. Bref, à part ce tableau qui n'a qu'une valeur sentimentale, il n'a pas à s'inquiéter que Vincent ne me vole mes petites cuillères en fer-blanc. Mais je crois que ce n'est pas seulement Vincent qui lui déplaît : c'est toute cette histoire. Je dois avouer que c'est un peu par un plaisir pervers que je la lui raconte.

Tu comprends, lui dis-je, ça finissait vraiment par m'agacer, d'avoir ça tous les jours sous mes fenêtres. Je sais bien que je n'habite pas dans le XVIe ou le VIIe (il avait regardé, d'ailleurs, pour m'y trouver un appartement, mais d'abord c'est trop cher et ensuite, je suis bien ici, quoi qu'il en dise : je ne vois pas en quoi je serais particulièrement en danger, et puis j'aime plutôt bien les gens, dans cet immeuble, surtout cette petite jeune fille noire, jolie comme un cœur, qui me demande toujours de mes nouvelles quand nous nous croisons dans l'escalier, mais elle ne sort plus de chez elle, en ce moment), ce n'est pourtant pas une raison pour que ça devienne un dépotoir, non ? Il approuve. D'accord, la vue n'est pas mirobolante, certaines fois, même, c'est un peu déprimant, le gris du ciel, le gris des voies ferrées, mais j'aime bien regarder les trains qui passent. Bon, bref. Tout ça pour dire que voir tous les matins cette vieille chaussure traîner sur le toit d'en face, je trouvais ça vraiment déplaisant.

Il reprend des gâteaux. Ça n'avait l'air de gêner personne, pourtant, peut-être que les gens sont habitués à voir des chaussures traîner sur les toits, peut-être que c'est la mode, mais moi, je trouve ça dégoûtant. Je suis peut-être une vieille femme maniaque, mais c'est comme ça. D'ailleurs M. Khader, l'épicier, était d'accord avec moi. Il m'a même dit : les gens se comportent comme des sagouins, de nos jours. Tu vois ? C'est lui qui l'a dit, pas moi. Je vois son thé qui refroidit. Tu ne veux pas en prendre encore une tasse ? Qui est-ce qui pourrait nous en débarrasser ? ai-je demandé à M. Khader. Il ne savait pas. Moi, je n'ai encore jamais eu ce genre de problèmes, m'a-t-il dit, alors je ne sais pas, mais je comprends votre gêne. Il faudrait peut-être demander aux services de la municipalité. Mon neveu approuve en silence.

Eh oui, les services de la municipalité, mais c'est quoi, c'est qui, les services de la municipalité ? Moi, je ne savais pas à qui m'adresser, tu comprends ? Mais enfin, finit par me dire mon neveu, tu les as les numéros des services, là, accrochés sur ton frigo, c'est même moi qui les y ai mis, pour que tu puisses te débrouiller s'il y a un problème. Je sais, je sais, mais il y a tellement de numéros sur cette feuille, je m'y perds. Il se ressert une tasse de thé. J'ai remis des biscuits dans la coupelle. Il ajoute un ton plus bas : et puis je suis là, moi. Je suis toujours là quand il y a un problème. C'est vrai, il est toujours là, il est toujours dévoué, malgré sa femme, son fils et sa voiture à crédit. Il n'hésite pas à prendre sur son temps. Je n'allais tout de même pas te demander d'aller grimper sur le toit d'en face, ce n'est pas ton métier, c'est dangereux. Je ne vois pas de qui ça peut être le métier, dit-il en trempant son biscuit dans le thé, d'aller chercher une chaussure sur un toit. Pas d'aller chercher une chaussure, de débarrasser les ordures que des gens sans scrupule et mal élevés jettent n'importe où. C'est que ça finissait même par me démoraliser. Ça te plairait, à toi, si on jetait une vieille chaussure dans le jardin de ton pavillon ? Non, bien sûr, ça ne lui plairait pas, mais pour une vieille dame comme moi, qui habite un quartier miteux, il n'y a pas de quoi en faire toute une histoire, n'est-ce pas ? C'est ça qu'il doit penser. Mais j'imagine, si on jetait une vieille télé ou des cageots dans les plates-bandes de son jardinet, alors là, les services de la municipalité, ils seraient prévenus immédiatement.

D'ailleurs, j'ai bien fini par les utiliser, ces numéros. Il me regarde avec un air de reproche, comme si je me moquais de lui : sauf que tu n'as pas appelé le bon. Je soupire. Pas le bon, pas le bon, est-ce que je sais, moi, qui est spécialiste des chaussures sur le toit ? Tu l'as dit toi-même : il n'y a pas de métier pour ça. Il reprend un biscuit : oui, enfin, tout de même, les pompiers, ce n'est pas franchement une bonne idée.

Je fais semblant de m'indigner, mais ça m'amuse de le voir contrarié comme ça, je ne sais pas pourquoi. Je dois avoir un fonds de méchanceté. C'est ce que je dis toujours à M. Khader, je lui dis : il est devenu un peu fade, avec son petit pavillon, sa petite voiture, sa petite femme. Dans ces cas-là, M. Khader me dit : croyez-moi, c'est déjà énorme, les gens dévoués comme ça, qui ont un bon fonds, ça ne se trouve plus beaucoup. Maintenant, même les enfants n'ont plus de respect pour leurs parents. M. Khader est un peu réactionnaire.

Je prends un air surpris : et pourquoi pas les pompiers ? Après tout, ils se déplacent bien pour aller récupérer les chats des mamies. C'était dans le temps, ça, me dit mon neveu, maintenant ils ne se déplacent plus. Je baisse la tête : oui, je sais, c'est ce qu'ils m'ont dit. Parce que je leur ai dit : vous vous déplacez bien pour les chats, pourquoi pas pour une chaussure, c'est l'affaire de deux minutes — et ils m'ont répondu en effet qu'ils ne se déplaçaient plus pour les chats. J'ai dit : eh bien, c'est dommage de laisser mourir de faim les chats comme ça. Madame (d'un ton moralisateur), nous avons des tâches plus importantes. Ils ont raison, dit mon neveu. Parce que mon neveu, apparemment, en connaît aussi un bon bout sur les tâches qui incombent à ce corps de métier. D'accord, mais qu'est-ce que ça leur coûte ? D'un coup de camion, ils sont là, ils grimpent sur le toit, et hop, on n'en parle plus. Ça leur coûte du temps et de l'énergie : quand ils grimpent sur les toits, c'est quand il y a un incendie ou une fuite de gaz. Mon neveu s'y connaît en pompiers. Mais justement : là, c'est sans danger, ils devraient être contents, ça les reposerait. Mon neveu hausse les épaules, comme s'il avait affaire à une mule ou à une demeurée, et puis il ajoute : si seulement tu t'étais contentée de ne les appeler qu'une seule fois.

Mais il faut toujours insister, avec les gens, sinon ils ne vous prennent jamais au sérieux. De nos jours, il faut remuer ciel et terre pour un tout petit service. Alors, c'est vrai, j'ai rappelé. Pour ce qui est de la suite, c'est vraiment leur faute : ils n'avaient qu'à pas le prendre de haut, pas avec une femme de mon âge, c'est tout juste s'ils ne m'ont pas traitée de vieillarde sénile, tu te rends compte ? Mais enfin, tu les appelais quatre fois par jour, il faut les comprendre : pendant ce temps-là, tu occupes la ligne à la place des gens qui en ont réellement besoin. Ça, c'est bien la mauvaise foi de mon petit-neveu. Ah bon ? lui-dis-je, ils n'ont qu'une seule ligne téléphonique ? Les pauvres, je croyais qu'ils étaient mieux équipés. Ce n'est pas ce que j'ai dit, tu le sais très bien : je veux dire que tu les accapares pour des choses insignifiantes, alors qu'ils ont des choses très importantes à faire.

Ils ont des vies à sauver. Voilà mon neveu qui fait dans le lyrisme civique.

Mais c'était important, cette affaire, ça me détruisait les nerfs. Et puis même si ce n'était pas pour moi, il pouvait y avoir un danger. Imagine que cette chaussure se décroche de la gouttière et tombe brutalement dans la cour, sur un enfant en train de jouer par exemple. Il me regarde les yeux dans les yeux. Bon d'accord, j'admets que c'est improbable — mais pas impossible. En tout cas moi, ça m'était devenu insupportable, je ne sais pas, je finissais par avoir l'impression que c'était mon propre appartement qui était un dépotoir, que c'était dans *mon* appartement qu'on l'avait jetée, cette chaussure. D'ailleurs ton oncle, s'il vivait encore, serait de mon avis : il avait horreur du désordre et de la saleté. Ça m'étonnerait, dit mon neveu en touillant dans sa tasse, qu'il aurait décroché son téléphone quatre fois par jour pour appeler les pompiers à cause de cette histoire. Sa remarque me blesse un peu. Je finis par lui dire : tu as raison, intrépide comme il était, lui, il ne se serait pas fait prier pour grimper sur le toit d'en face et nous débarrasser de cette saleté. Nous restons un moment silencieux. C'est vrai, mon mari n'était pas doué pour la peinture, mais c'était un homme courageux.

Oui, d'accord, je les ai appelés quatre fois par jour, mais je croyais qu'ils allaient finir par céder, à force. Tous les jours, je leur disais : bonjour, je suis la vieille dame qui a un problème avec une chaussure. Ils ont fini par bien me connaître. Je comptais un peu sur cette familiarité, d'ailleurs. Mais non, tu penses, ils se sont même mis à me menacer. Un jour, ils m'ont passé directement le capitaine des pompiers, ou quelque chose comme ça. Il a pris un ton de président de la République et m'a dit : madame, il faut cesser immédiatement de nous importuner de la sorte, nous avons fait preuve de beaucoup d'indulgence (beaucoup d'indulgence, tu te rends compte ?), mais notre patience a des limites (et la mienne, donc, on voit bien qu'ils ne se réveillent pas tous les matins avec une vieille chaussure sous le nez — c'est d'ailleurs ce que j'ai fini par dire à leur capitaine). Mon neveu soupire. Il m'a dit : si vous continuez, vous allez tomber sous le coup de la loi, madame. Et quel est-il, le coup de la loi, pour une vieille femme en détresse ? lui ai-je demandé. Ça ne l'a pas ému : vous risquez une lourde amende, madame, vous risquez de gros ennuis, je vous le dis une fois pour toutes, au revoir, madame. Et il a raccroché. Il avait certainement raison, dit mon neveu. Mon neveu est passé du côté de la loi, depuis qu'il a une voiture à crédit.

Eh bien, moi, figure-toi, ça m'a exaspérée, ce sermon. Si les pompiers refusent d'aider les vieilles dames, qui le fera, hein ? Les marchands de saucisses, les agents immobiliers ? Là, je dois avouer, j'y vais un peu fort. Je prends la main de mon neveu. Je ne dis pas ça pour toi, évidemment, je sais que tu es un bon garçon qui a déjà tant fait pour moi : je parle en général. J'ai toujours cru que les pompiers avaient une mission humanitaire. Mais pour les vrais problèmes, s'exaspère mon neveu, les *vrais* problèmes, pas des histoires de chaussure qui traîne sur un toit. Mais c'était un vrai problème, lui dis-je, le genre de problème, même, sur lequel on pourrait écrire des livres. J'aimerais bien voir ça, a fait mon neveu. (Cette remarque me donnerait envie de l'écrire, ce livre.)

Bon, j'ai laissé passer une semaine sans décrocher mon téléphone, une semaine encore à voir ce déchet en face de mes fenêtres, comme si cette chaussure me narguait, comme si elle me disait : tu vois, j'ai gagné, je resterai là jusqu'à ce que tu sois morte et enterrée. Tu sais, peut-être que tu trouves que j'exagère, mais l'idée que cette chaussure, là, sur le toit d'en face, finisse par me survivre, qu'elle sera toujours là quand on viendra m'emmener pour la dernière fois à l'hôpital, ça m'était insupportable. Ne dis pas des choses comme ça, me dit mon neveu, et je vois que ça le rend triste en effet. Mais c'est la pure vérité. Au bout d'un moment, c'était comme si elle me regardait d'un œil narquois, comme si elle me disait :

alors ? toujours là, la vieille ? Moi je suis bien tranquille sur mon toit, j'attends que ça passe. Ça me mettait dans une fureur. Ça me donnait des palpitations. Je croyais même devenir folle, il m'arrivait de lui parler, à cette chaussure, depuis la fenêtre de ma cuisine, tu te rends compte ? Je me levais le matin, j'allais faire mon café, et je l'insultais. C'est plutôt le café, me dit mon neveu, qui te donne des palpitations. Ironise si tu veux, mon garçon, n'empêche que c'était devenu physiquement et moralement insupportable. À l'époque, je ne t'en avais pas parlé pour ne pas te troubler dans ton travail, mais c'était très dur, tu sais. Si si, tu m'en as parlé, fait-il en soupirant. Et il regarde de nouveau sa tasse d'un air fatigué. Ah bon ? C'est que ça a dû m'échapper, parce que je voulais vraiment t'épargner les soucis d'une vieille femme. Il regarde sa tasse à thé comme si je ne lui avais rien épargné du tout. Mais, quoi, il préférerait qu'on reste là à parler du prix des poireaux ?

C'est dire si, pour la suite, je n'ai pas exagéré autant que tu peux le penser. Une semaine, je suis restée une semaine sans décrocher mon téléphone. Un calvaire. Tous les jours, je disais à M. Khader : je n'en peux plus, cette chaussure va me rendre folle. Il me répondait : allons, allons, ça va finir par s'arranger. Mais comment ? Par l'intervention du Saint-Esprit ? Alors au bout d'une semaine, j'ai rappelé les pompiers, mais cette fois-ci, j'ai changé de discours. Je leur ai téléphoné d'une voix mourante en leur disant que j'avais quatre-vingt-dix ans (j'ai préféré me vieillir), que je ne me sentais pas bien du tout, que mon cœur était en train de lâcher. Et là, ils ont accouru, parce que, si vous n'êtes pas morte ou sur le point de mourir, personne ne se déplace. C'est ça la vérité.

Comment as-tu pu faire une chose pareille ? Comme si j'avais commis un crime. Tu te rends compte qu'on ne plaisante pas avec ces choses-là ? Mais c'était presque la vérité, je ne me sentais vraiment pas bien. Mais enfin, tu n'étais tout de même pas en train de faire une crise cardiaque. Non, bien sûr, c'est pour ça d'ailleurs que je ne t'ai pas téléphoné, à toi, pour ne pas t'inquiéter inutilement, mais j'avais vraiment des palpitations. Il fallait bien que quelqu'un fasse quelque chose. Les pompiers ? Le SAMU ? Tu crois que c'était bien nécessaire ? Les pompiers seulement : le SAMU, ils n'ont pas d'échelle.

Toujours est-il qu'ils ont fini par venir. Quatre beaux jeunes gens, avec tout un matériel. Je les ai accueillis en tremblant. Là, pour le coup, j'en ai un peu rajouté, mais je ne voulais pas les décevoir. Ils ont été charmants, aimables, prévenants, du moins au début. Ils m'ont déposée dans le salon, se sont occupés de moi en demandant sans cesse : ça va, madame, comment vous sentez-vous ? Qu'est-ce qu'ils étaient séduisants, ces gaillards, et bien élevés avec ça. Je leur ai dit : cela me rassure que vous soyez venus. Ils m'ont pris la tension, m'ont auscultée et, à un moment, j'ai bien vu qu'ils se regardaient d'un air interrogateur. Que ressentez-vous exactement, madame ? m'a demandé l'un d'eux. J'ai été plutôt évasive. Il s'est rembruni légèrement. Je ne décèle rien d'anormal, mais si vous voulez, nous vous emmenons aux urgences pour des examens complémentaires. Je leur ai répondu : non, non, vous êtes gentils, je crois que ce n'est plus la peine, je me sens nettement mieux. Ils se sont regardés en silence. Vous savez, messieurs, j'ai vraiment cru que mon cœur était en train de lâcher, tout à l'heure. Mon neveu regarde le mur de la cuisine, on dirait qu'il a honte, comme s'il se trouvait là, avec les pompiers. Bien, madame, ont-ils fini par me dire, s'il n'y a rien de plus, nous allons vous laisser. Est-ce que je peux vous offrir un thé, pour le déplacement ? Mais ils étaient trop bien élevés. Non merci, madame, nous vous enverrons tous les papiers.

C'est à ce moment-là que tout s'est gâté. Je leur ai dit : si je peux me permettre, tant que vous y êtes, vous voyez, là, sur le toit d'en face ? Il y a une chaussure abandonnée qu'il faudrait récupérer. Il faudrait juste prendre votre échelle, ça ne vous demandera qu'un rien de temps. L'atmosphère s'est glacée d'un seul coup. Ils se sont de nouveau regardés. Il y a eu un silence de quelques minutes. Puis l'un d'eux m'a signifié : nous sommes les services d'urgences, nous n'avons pas d'échelle. Nous ne nous déplaçons pas avec la grande échelle pour une crise cardiaque, ou pour quelqu'un qui *dit* en avoir une.

J'ai bien vu qu'ils avaient compris et qu'ils commençaient à être énervés. Un autre, qui était déjà dans le couloir, est revenu vers moi (en fait, ça devait être lui, le chef) et il m'a demandé : c'est vous, la dame à la chaussure ? J'ai baissé la tête en silence, j'ai bredouillé, j'étais un peu confuse. Maintenant que vous êtes là, ai-je murmuré. Mais ils avaient fini d'être polis et bien élevés. Ils auraient peut-être préféré que je sois effectivement mourante. Le second m'a dit d'un ton glacé : madame, vous avez vraiment franchi les bornes, ce que vous venez de faire est inadmissible. Dès que nous serons rentrés à la caserne, nous avertirons nos supérieurs, et, cette fois, les ennuis, vous allez les avoir. Après quoi ils ont pris tout leur matériel et sont partis en claquant la porte. Mon neveu secoue la tête, accablé. Tu ne veux pas encore un peu de thé ?

Oh, ce n'est pas la peine de faire cette tête-là, je n'ai assassiné personne. D'accord, j'ai un peu exagéré, mais tu aurais préféré que je sois *vrai-*

ment mourante ? Je n'ai pas déshonoré la famille, si ? Et d'ailleurs, c'est vrai : tant qu'à s'être déplacés, ça ne leur aurait pas coûté beaucoup plus, à ces jeunes gens vigoureux. Mon neveu, maintenant, regarde la baie de la Napoule d'un air songeur. Interroge-t-il les mânes de mon défunt mari ? C'est vrai que lui, ça l'aurait mis un peu en colère, mais je ne crois pas qu'il en aurait fait tout un plat. Tu admires la baie de la Napoule ? Il ne me répond pas. Je sens bien qu'il est énervé : ça se voit à sa façon de tenir sa petite cuillère.

Eh bien, tu vois, comme ça j'ai connu Vincent, finalement. Mon neveu est de plus en plus nerveux.

Quand ils sont partis si furieux, eux qui étaient si gentils, j'ai eu un peu peur. Je ne dis pas que je regrettais ce que j'avais fait, c'étaient leurs menaces qui m'inquiétaient. En même temps, je me disais : ils ne peuvent tout de même pas faire des ennuis à une vieille dame, même si elle a un peu exagéré. Peut-être qu'ils se diront que ça me servira de leçon. Je t'en fiche : le lendemain, ils avaient dépêché chez moi un de ces jeunes pompiers pour me signifier je ne sais quoi, me dresser un procès-verbal ou quelque chose dans ce genre. Ce sont les policiers qui dressent les procès-verbaux, fait remarquer mon neveu. N'empêche. C'était une visite tout ce qu'il y a de plus officiel, comme si on m'avait prise à voler ou à saccager.

202

On sonne, j'ouvre la porte un peu tremblante, et je vois ce jeune pompier, un de ceux que j'avais vus la veille, en uniforme, avec une sacoche. Il était beau, tout jeune, mais il avait l'air très sévère. Il me dit : madame, je viens pour l'histoire d'hier et pour le harcèlement téléphonique. J'en étais muette de stupeur. Tu sais, pour moi, les pompiers, les policiers, même les employés du gaz, c'est un peu pareil, à cause des uniformes. J'ai cru qu'il venait me mettre en prison. Mon neveu lève les yeux au ciel. Je lui ai dit d'entrer, j'avais les jambes en coton. Je l'ai fait asseoir dans la cuisine, là, exactement à la place où tu te tiens aujourd'hui, et je lui ai proposé du café.

Il avait l'air hésitant, et moi aussi, j'étais dans mes petits souliers. Il a tout de même accepté et j'ai préparé le café, pendant qu'il sortait tout un tas de papiers de sa sacoche. Puis il est resté sagement assis sans rien dire. Lui aussi, il a admiré la baie de la Napoule. Quand j'ai vu ça, je lui ai demandé : vous aimez ce tableau ? C'est mon défunt mari qui l'a peint. Beaucoup, m'a-t-il répondu poliment — on voyait bien qu'il le trouvait très laid. Ne prends pas cet air piqué, c'est vrai qu'il n'est pas beau, ce tableau, ça n'enlève rien à la valeur de ton oncle qui est la meilleure personne que j'aie jamais connue.

Vous aimez les biscuits ? C'est gentil, m'a-t-il répondu, mais. J'ai eu de la chance : j'étais passée deux jours plus tôt chez Mulot, pour acheter des financiers. C'est là qu'ils sont les meilleurs, tu ne trouves pas ? Lui, en tout cas, il trouvait. Il m'a dit que, à lui aussi, ça lui arrivait d'aller en acheter chez Mulot, quand il avait le temps. Je me suis dit : c'est un bon garçon, il ne peut pas vouloir de mal à une vieille dame, surtout pour des broutilles. Mais apparemment, ce n'était pas des broutilles. Il est redevenu compassé et m'a déclaré : madame, je suis chargé de vous avertir officiellement que les sapeurs-pompiers de Paris vont entamer des poursuites contre vous.

Je m'en suis assise (non, je me suis effondrée) de frayeur. Là, j'ai *vraiment* eu des palpitations. Mais enfin, mais enfin, ai-je bégayé. Et je devais avoir l'air de me sentir mal (je me sentais vraiment mal), parce qu'il m'a regardée avec inquiétude et m'a demandé : ça va, madame ? Mais je n'arrivais pas à répondre, je me voyais déjà au tribunal, avec des menottes, en prison, à mon âge. Ça va, madame, ça va ? me répétait-il de plus en plus inquiet. Il faut vous calmer, madame. Ça doit être le café, ai-je fini par lui dire dans un souffle. Mais ce n'était pas le café, c'étaient les menottes, le cachot humide, tout ce qu'on voit à la télé, je ne sais pas, moi, ce qu'ils appellent le couloir de la mort. Mon neveu pousse un gros soupir. Vous voulez un calmant ? m'a demandé le jeune homme. Et il s'est mis à fouiller nerveusement dans la sacoche. Je ne veux pas aller en prison, ai-je fini par lui dire, ce n'était pas si grave.

Il a relevé la tête de sa sacoche : mais madame, il n'est pas question de vous mettre en prison. Là, j'ai retrouvé mon souffle. Il m'a demandé si je voulais qu'il prenne ma tension. Ça va aller, ai-je murmuré faiblement, je ne veux pas aller en prison, c'est tout. Lui aussi a poussé un soupir, comme toi à l'instant, mais lui c'était plutôt du soulagement. Ne vous mettez pas dans des états pareils, madame, simplement il faut que vous sachiez que vous avez enfreint la loi. Il y a une loi contre les appels téléphoniques ? Intempestifs, oui.

J'ai retrouvé du poil de la bête : mais contre les gens qui jettent leurs ordures sur les toits, il n'y a pas de loi, n'est-ce pas ? Pour la première fois, il a souri : si, contre ça aussi, il y a des lois. Eh bien, moi aussi, ai-je déclaré, je vais déposer une plainte, alors. Ce sont des nuisances qu'il faut punir. J'avais complètement oublié que c'était moi, à ce moment, qui étais l'objet de poursuites. Il avait l'air un peu dépassé par la situation, le pauvre garçon, mais en même temps amusé. Il a repris un financier, l'air de rien. Ça me l'a rendu plus sympathique encore. Je ne vois pas bien contre qui vous allez déposer une plainte, vous savez, a-t-il remarqué en dégustant le financier. J'ai réfléchi un moment : à vrai dire, moi non plus. Et nous avons souri tous les deux.

J'ai pensé : c'est un brave garçon. C'est vrai, lui ai-je avoué, je ne vois pas qui dans cet immeuble, ou dans celui qui donne sur la même cour, aurait pu commettre un acte aussi vil. Tous les gens que j'y connais sont plutôt sympathiques et ont l'air raisonnables. À part un fou, paraît-il, dans l'autre immeuble, qui s'est enfermé tout seul depuis des semaines et qui fait on ne sait quoi. Il faudrait mener une enquête. Une enquête ? Eh bien oui, pour déterminer qui a fait ça, et puis après on me débarrasserait enfin de cette chose, puisque visiblement personne ne veut le faire. Il m'a regardée avec un mélange de surprise et d'amusement. Vous êtes sérieuse ? Je l'ai regardé à mon tour en souriant : non, pas vraiment, en fait. Et nous avons tous les deux repris une gorgée de café. En tout cas, vous ne pouvez pas me dire que ce n'est pas dégoûtant, vous n'avez qu'à voir vous-même. Écoutez, madame, a-t-il dit, embarrassé. Si si, allez, regardez vous-même, vous allez voir. Il a fini par se lever et s'est mis à la fenêtre. Il a regardé, il a dit : bon, d'accord, ce n'est pas très joli, mais. Je vous ressers du café ? Il s'est retourné, a regardé sa montre : ce serait bien volontiers, madame, mais il faut que j'y aille. Il faut régler cette histoire.

Là, j'ai pris mon air le plus misérable. Il a fixé ses chaussures d'un air hésitant. Bon, a-t-il fini par dire, je vais voir ce que je peux faire. Je l'aurais embrassé sur les deux joues. En fait, c'est ce que j'ai fait. Il en a été tout retourné, le brave garçon ; il a rougi comme un écolier. Mais je ne vous promets rien, hein, je vais faire mon possible, simplement. Et il a ramassé sa sacoche précipitamment. Il était déjà à la porte, quand je lui ai dit : vous n'avez qu'à passer demain, il me reste des financiers. Je ne sais pas, a-t-il bredouillé avant de s'éclipser, j'ai mon travail. Tu vois, c'est comme ça que j'ai connu Vincent.

Mon neveu repousse sa tasse de thé. Très touchant. Je n'aime pas du tout ce ton. Ne fais pas le jaloux. Le jaloux ? Oui, le jaloux, ce n'est pas la peine de le prendre de haut et tu n'as pas à t'inquiéter : je n'ai pas décidé de remplacer mon neveu par un sapeur-pompier. Mais enfin, comme si. Ça y est, il monte sur ses grands chevaux.

Eh bien, le lendemain, il est revenu, à peu près à la même heure, avec son air timide si touchant. Bonjour, madame. Entrez, entrez, j'étais en train de faire le café. Ce matin-là, on a fini tout ce qui restait de financiers. Je ne peux pas trop m'attarder, il faut que je retourne à la caserne, mais j'ai une bonne nouvelle : j'ai parlé à mon chef, je lui ai expliqué, je lui ai dit aussi que vous ne recommenceriez plus, et je crois bien qu'ils vont abandonner les poursuites.

Là encore, je n'ai pas pu m'en empêcher : je l'ai embrassé de nouveau sur les deux joues. Je lui ai dit : vous êtes le plus gentil garçon que je connaisse. Mais ne prends pas cet air renfrogné : tu es aussi le plus gentil garçon que je connaisse, mais ce n'est pas la même chose, tu es mon neveu. Il n'a pas l'air de bien le prendre. Après que je me suis rassise en face de lui, il m'a dit : vous me promettez de ne plus jamais recommencer, n'est-ce pas ? Promis, je ne vous dérangerai plus jamais. Et pour la chaussure, je demanderai à mon petit-neveu de s'en occuper. Mon petit-neveu pique du nez dans sa tasse à thé. Comme il avait encore un peu de temps et que j'étais maintenant rassérénée, nous avons fait la conversation. Il m'a dit que cette chaussure lui faisait penser à un livre qu'il était en train de lire, où il était justement question d'une chaussure, c'est drôle non ? (Mon neveu n'a pas l'air de trouver ça drôle.) Vous êtes vraiment un brave garçon, lui ai-je dit, et vous faites un beau métier. Moi, j'achète toujours vos calendriers. D'ailleurs, sur le dernier, il y avait des reproductions de tableaux, on aurait dit ceux de mon mari : abominables. Nous avons éclaté de rire. Ah, ça faisait du bien, de rire comme ça. Douze fois la baie de la Napoule ou des choses du même acabit, lui ai-je dit. Vous savez, mon mari était le meilleur des hommes, mais comme peintre, ce n'était ni Picasso ni Velázquez. J'aime bien Velázquez, m'a-t-il dit. C'est bien ce que je vous dis : ce n'est pas du Velázquez. C'est comme ça que nous nous sommes mis à parler de peinture et que j'ai appris qu'il avait fréquenté les Beaux-Arts avant de s'engager dans les sapeurs-pompiers de Paris. C'est curieux, tu ne trouves pas ? Mon neveu ne répond pas : il boude.

Ce jour-là, il en a presque oublié ses horaires. Moi aussi j'aurais bien voulu qu'il reste encore un peu. Au moment de partir, je lui ai demandé son nom et je lui ai dit : je suis bien contente, Vincent, d'avoir fait votre connaissance. Moi aussi, m'a-t-il répondu timidement. Puis il s'est sauvé dans les escaliers.

Je me suis sentie un peu triste qu'il parte comme ça, et aussi les jours d'après. J'avais racheté des financiers, au cas où, mais je les ai mangés toute seule. Je me sentais toute bête. Même la conversation avec M. Khader m'ennuyait un peu. En fait, ce n'est pas très gai, la vie d'une vieille dame seule. Tu sais bien que je viendrais plus souvent te voir, me dit mon neveu, si j'en avais la possibilité, mais le travail. Je sais bien, je ne te reproche rien, je sais que tu es un bon garçon. Mais c'est comme si je ne m'étais jamais aperçue que les journées pouvaient être si longues. Mon neveu me prend la main.

Et puis un jour, j'ai reçu un coup de téléphone : c'était Vincent. Il m'a demandé tout simplement : c'est ma journée de congé, est-ce que ça vous dirait d'aller vous promener ? C'était si simple. Il m'a dit : on pourrait aller au musée Jacquemart-

André, on pourrait regarder les tableaux et ensuite manger sur place. Je n'ai eu que le temps de me pomponner.

Tu te rends compte ? Ça devait faire trente ans que je n'avais pas mis les pieds dans ce musée. Il a bien changé. La dernière fois, c'était avec ton oncle et il n'avait pas cessé de bougonner : des croûtes, répétait-il, rien que des croûtes, devant les Nattier, les Boucher. Même dans la salle des Italiens. Là, il ne faut tout de même pas exagérer. Il était jaloux, c'est tout. C'était plutôt touchant, remarque, mais sur le coup, qu'est-ce qu'il pouvait être fatigant : et les Botticelli étaient des faux (là il avait raison) et Uccello était trop raide et maladroit, et Mantegna trop petit, et patati et patata. Tout de même le Bellini lui avait cloué le bec, mais c'était reparti de plus belle, après. C'est vrai, j'ai fini par être un peu méchante, mais il gâchait tout mon plaisir. Tu as raison, lui ai-je dit, ça ne vaut pas la baie de la Napoule. Il n'a plus dit un mot de toute la visite. Quand j'ai raconté ça à Vincent, pendant que nous parcourions les salles du musée, ça l'a fait bien rire — pas comme toi, apparemment. Ç'a été une matinée formidable, un peu fatigante, mais formidable. C'est vrai qu'il s'y connaît en peinture. Nous avons très bien mangé, en discutant de plein de choses sur la terrasse, parce que en plus il faisait beau. J'avais l'impression de ne pas être sortie de mon appartement depuis des siècles, à part évidemment le jour de Noël quand je viens chez vous. Même quand je vais chez M. Khader, j'ai l'impression de ne pas sortir de mon appartement.

En partant, j'ai acheté des cartes postales dans la boutique. Je voulais celle de la Vierge de Bellini, celle qui est accrochée au frigo, tu vois ? Je la trouve tellement belle. Le vendeur, un jeune homme à l'air épuisé, m'a demandé si je ne voulais pas en plus acheter un signet avec le dragon d'Uccello dessus. Je lui ai dit : je vous remercie, mais c'est bien trop cher, et puis c'est le genre de choses dont on ne fait strictement rien, qui finit enfoui dans un tiroir. Il m'a dit : oui, vous avez raison — à la limite, c'est bien quand on croit aux contes de fées. Je n'ai pas bien compris le rapport. Et puis il me l'a glissé gratuitement dans l'enveloppe avec les cartes postales. Curieux, non ? Il était curieux, ce vendeur, ai-je dit à Vincent quand on est ressortis sur le boulevard Haussmann, il avait l'air un peu déprimé mais plutôt bien de sa personne. Je suis d'accord avec vous, m'a-t-il répondu. Mais vous êtes bien plus beau que lui, ça je peux vous l'assurer (je crois que j'étais un peu grisée). Il a rougi comme un petit garçon. Ça m'a amusée, alors j'ai ajouté sans vergogne : vous, vous devez avoir un succès fou auprès des jeunes filles, j'en mettrais ma main au feu, non ? En plus : un pompier, ça fait rêver les jeunes filles, non ? Il a haussé les épaules en souriant d'un air gêné. Là, je n'ai pas voulu insister. Dis-moi, toi, demandé-je à mon neveu, ça fait toujours rêver les jeunes filles, les pompiers ? Comment veux-tu que je le sache, moi ? Je suis agent immobilier. Mon neveu est de plus en plus agressif. Agent immobilier aussi, lui dis-je, ça doit plaire aux jeunes filles — surtout à Paris où l'immobilier est tellement cher. Ça ne le fait pas rire. Je réfléchis un moment et je dis à mon neveu : quand j'y songe, en fait, toi et Vincent vous avez des métiers assez complémentaires. Lui aussi, le plus souvent, il travaille *dans* l'immobilier. Je suis peut-être allée un peu loin. Il fait mine de se lever : je crois que je vais y aller. Mais non, mais non, je plaisante, reste, il y a encore du thé. Tu aimes les financiers ? Je crois qu'il doit m'en rester.

Nous avons pris ainsi l'habitude d'aller nous promener. Et puis il venait ici une ou deux fois par semaine, prendre le petit déjeuner avant de partir au travail. Mais il a des horaires variables et difficiles. Parfois, il doit dormir toute la journée et travailler toute la nuit. C'est vraiment un rude métier, tu sais. Tu savais, toi, que c'était si dur ? C'est ce que je lui ai dit : si j'avais su à quel point vous êtes harassés, je ne vous aurais pas dérangés comme je l'ai fait. Tout de même, quelle vie. Et puis ça ne doit pas être facile de construire une vie de famille, avec ces horaires, ces dangers, non ? Non, c'est vrai, m'a-t-il avoué — mais il restait très pudique sur ce genre de choses et sur sa vie en général, d'ailleurs. Je ne voulais pas être indiscrète.

Parfois, quand il avait le temps, il m'aidait à faire les courses. Il a fini par bien connaître M. Khader. C'était agréable, tout ça. Mais tout de même, un jour, je n'ai pas pu m'empêcher de lui poser une question. Tu comprends, ça me surprenait un peu, qu'il passe toutes ses heures de loisir avec moi. Moi, j'étais ravie, bien sûr, mais un jeune homme comme lui, il doit avoir d'autres intérêts, dans la vie. Je lui ai dit : vous devez avoir bien d'autres choses à faire, Vincent, que d'accompagner une vieille dame à l'épicerie du coin. Ça me fait plaisir, m'a-t-il répondu en souriant. Mais à votre âge, on a plein d'autres choses à faire, voir ses amis, sortir, s'amuser, courir après les jolies filles. Il est resté silencieux. Je suis trop curieuse, je sais, mais bon, c'est excusable à mon âge. Je lui ai demandé finalement : vous n'avez pas une petite amie, séduisant comme vous êtes ?

Et c'est là, c'est ce jour-là, qu'il a fini par me dire qu'il n'aimait pas les filles.

Ça y est, mon neveu prend une mine complètement coincée. Je te rassure, lui dis-je, moi aussi, ça m'a décontenancée sur le coup. C'est quelque chose qui ne m'est pas trop familier. Et puis j'étais à cent mille lieues de me douter que, enfin, tu vois. J'étais un peu interdite. Excuse-moi, finit par me dire mon neveu, mais il suffit de le regarder une fois pour voir qu'il en est. Il dit ça avec un tel mépris. J'ai horreur de cette expression, mon petit, tu permets. De mon temps, ceux qui utilisaient ce genre d'expression, c'était pour désigner les juifs et les francs-maçons, tu vois ce que je veux dire ? C'est vrai tout de même, il faut faire attention à ce qu'on dit. Et puis quoi ? Parce qu'il est délicat, parce qu'il est peut-être un peu efféminé ? Mais ça le choque, mon neveu, que sa vieille tante fréquente un inverti (je n'aime pas non plus ce mot-là, mais *homo*, comme on dit aujourd'hui, je trouve que ça ne sonne pas très bien non plus — en fait je ne sais pas quel mot employer). Mais c'est vrai, ça m'a fait drôle. Je n'ai pas su quoi répondre. J'ai juste bégayé : ah bon, ah bon, et, vous avez, comment dire, vous avez un bon ami ? Je crois que c'est le terme *bon ami* qui l'a fait sourire. Il m'a juste dit non, et la conversation s'est arrêtée là. Si seulement ça avait pu être le cas, soupire mon neveu en regardant de nouveau le plafond.

Pendant deux semaines, nous avons continué à manger des financiers en parlant d'autre chose. Mais il y avait, comment dire, une certaine gêne entre nous, pas du tout de la distance ou de la froideur, mais on était un peu embarrassés, tous les deux. Des moments de silence. Je me demandais s'il fallait de nouveau aborder le sujet. Je ne voulais pas qu'il se sente mis sur la sellette, ou quelque chose comme ça. Je ne voulais surtout pas qu'il se sente mal à l'aise du fait de son, de sa, enfin tu vois ce que je veux dire. J'aurais peut-être dû lui dire tout de suite que ça ne changeait strictement rien pour moi, que j'avais toujours autant de plaisir à le voir. Mais dans ces cas-là, je ne trouvais que des phrases du genre : ce n'est pas grave, ne vous en faites pas — comme si c'était une maladie. Alors je me taisais. Lui, de son côté, tâchait de faire comme s'il n'en avait jamais été question, mais je voyais bien qu'il ne se sentait effectivement plus très à l'aise, parce qu'il insistait de plus en plus pour savoir s'il ne me dérangeait pas, si j'avais vraiment envie de prendre le petit déjeuner avec lui, etc. Je peux comprendre que vous ayez d'autres choses à faire, me disait-il timidement. Mais quelles autres choses ? Moi, j'étais bien contente qu'il soit là. Le fait qu'il préfère les garçons aux filles, ma foi, je trouve ça simplement dommage pour les filles, et puis voilà.

Alors, j'ai fini par prendre le taureau par les cornes et, un matin, je lui ai dit comme ça, tout à trac : vous savez, ça ne me gêne pas du tout. Il a sursauté, a bredouillé : quoi donc, madame ? Ça ne me gêne pas du tout que vous soyez un pompier homosexuel. Je vous trouve toujours aussi bon garçon, et ça me fait toujours autant plaisir de prendre le petit déjeuner avec vous. Tu l'aurais vu, à ce moment-là, il en avait les larmes aux yeux.

Alors, à partir de ce moment-là, nous en avons parlé beaucoup plus librement. Pour tout dire, je ne tenais pas à connaître tous les détails. Il y a des choses que je suis trop vieille pour comprendre, je crois : les bars, les saunas, les rencontres sur Internet, tout ça, je ne voulais pas trop en entendre parler. D'ailleurs, il restait très discret, justement pour ne pas me gêner. Mais pour le reste, ce n'était plus du tout un sujet tabou, on pouvait en parler tout à fait librement, tu vois ? Je vois, fait mon neveu, je vois. Non, il ne voit pas. Ce qu'il ne voit pas, mais alors pas du tout, ce qu'il n'arrive pas à envisager, c'est qu'il peut être question d'*amour*, dans ces affaires-là, et pas seulement de je ne sais quelle consommation sordide.

Oui, nous avons parlé d'amour, dis-je à mon neveu rien que pour l'énerver. Toujours avec beaucoup de pudeur et de discrétion, parce que c'est un garçon réservé et délicat (je vois bien ce que pense mon neveu, avec sa virilité de père de famille), mais nous en avons parlé, peu à peu, comme ça — et simplement, elles n'étaient pas très gaies, ses histoires d'amour. Je crois que c'était un garçon idéaliste et ça c'est terrible. Peut-être beaucoup trop sensible pour être un jour heureux.

Ça me faisait de la peine pour lui, parce que j'ai découvert combien il devait se sentir seul, à rechercher l'âme sœur sans jamais la trouver. Je ne m'y connais pas très bien, dans ces affaires-là : moi, avec ton oncle, ça a tout de suite été le coup de foudre, et après, eh bien, c'est la vie, tu vois, c'est tout. Mais pour lui, ça n'avait jamais marché. C'est incompréhensible, un beau garçon comme lui, si sensible, si poli. J'avais beau lui dire qu'il était tout jeune encore, qu'il avait toute la vie devant lui, des choses banales comme ça, évidemment, ce n'était pas très convaincant. Je me disais : qu'est-ce qu'on peut souffrir, à cet âge-là, tout de même. J'en étais toute triste, j'aurais bien voulu l'aider, mais qu'est-ce que peut faire une vieille dame dans ces circonstances ? Rien du tout, c'est bien ce que je pense, dit mon neveu d'un ton tranchant.

Eh bien si, quand même, mon cher petit, ne t'en déplaise. Je trouvais ça trop injuste de le voir chaque jour sauver la vie des gens, tandis que lui, eh bien, personne ne le sauvait.

Tout s'est fait très vite, en fin de compte. Un soir, on sonne à la porte. Je ne me souviens plus très bien l'heure, mais tu sais, je me couche tôt, et jamais personne ne vient me voir à cette heure-là. Je me suis dit : ça doit être un voisin qui a un problème. J'ouvre la porte, un peu alarmée, et là je vois Vincent sur le seuil. Cet air de chien battu, cette tristesse qu'il avait sur le visage — ça m'a fendu le cœur. Je n'ai posé aucune question, je lui ai juste dit : entrez, Vincent, ne restez pas là. Et quand j'ai eu refermé la porte, dans le couloir, il est tombé dans mes bras, comme ça, sans rien dire, il m'a serrée dans ses bras et a pleuré, pleuré, pleuré, tout doucement. Moi, je l'ai serré aussi dans mes bras, sans rien dire, il n'y avait rien à dire. Je ne lui ai posé aucune question, je l'ai juste mené à la cuisine, j'ai sorti la gnôle de ton oncle et je nous ai servi deux verres. Je n'avais pas débouché cette bouteille depuis des lustres : elle est encore bonne, tu sais. Nous avons bu, sans prononcer aucune parole ni l'un ni l'autre. Je le regardais, et il n'avait pas besoin de me dire pourquoi il était venu, pourquoi il pleurait. Je le savais. Je le savais, parce que cette solitude-là, je la connais, c'est tout.

Au bout d'une heure, je lui ai simplement dit : venez, et je l'ai conduit jusqu'à la chambre d'amis. Je lui ai dit : vous allez dormir ici ce soir. Il n'avait même pas la force de s'excuser ou de faire des politesses, le pauvre. Il était épuisé de solitude. Épuisé de solitude, voilà tout. Il s'est installé dans le lit et je suis allée me coucher. C'est curieux : je me sentais triste et heureuse en même temps.

Résultat, me dit mon neveu, il n'est plus jamais parti.

Eh bien non, il n'est plus jamais parti. Il vit ici, et c'est très bien comme ça. Et maintenant, moi non plus, je ne prends plus jamais mon petit déjeuner toute seule.

Mon neveu se lève en soupirant. Il va partir. Il ne veut même pas rajouter un mot. Mais au moment de quitter la cuisine, pourtant, il se retourne vers moi et me dit : et pour cette chaussure, finalement, tu veux que je t'en débarrasse ? Non, lui dis-je, non. Pas pour tout l'or du monde.

9

L'élément esthétique

Monsieur le ministre, Monsieur le préfet, Madame la commissaire de l'exposition, Mesdames, Messieurs, Chers amis, Chère Olga.

Comme il est coutume de dire, je ne ferai pas de longs discours. Qu'il me soit permis, simplement, de vous remercier, Monsieur le ministre, Mesdames, Messieurs, de l'honneur que vous me faites en étant présents ici, aujourd'hui, en répondant si chaleureusement et si favorablement à cette invitation. Merci de votre confiance, cette confiance que vous m'aviez encore témoignée l'année dernière, lors de la remise de ma Légion d'honneur, cette confiance qui me conforte particulièrement aujourd'hui, en ce moment que je crois décisif dans ma déjà longue carrière.

Je me contenterai, en quelques mots seulement, de dire pourquoi ce moment me paraît si important pour mon travail, dans ma vie même, puisque la vie d'un artiste est tout entière dans son art.

C'est d'habitude très mauvais signe que d'entendre un artiste expliquer ce qu'il a voulu faire, parce qu'il témoigne par là qu'il n'est pas parvenu à la fin qu'il souhaitait, que son œuvre ne peut, pour ainsi dire, se tenir par elle-même et qu'elle nécessite la béquille de l'explication. J'ai pu par le passé, dans les quelques modestes écrits que je laisse à la postérité (il est question de les rassembler en deux volumes), me risquer à de telles explications, mais jamais, qu'on me l'accorde, concernant *une seule* œuvre. Il y a toujours été question de l'*ensemble* de mon œuvre et c'est d'ailleurs ainsi que ces livres sont désormais lus et commentés dans le monde entier. Aujourd'hui, je brise pour la première et sans doute la dernière fois ce principe.

Mais ce n'est pas exactement à une explication que je vais me livrer. Non, Monsieur le ministre, Mesdames, Messieurs, je me contenterai de vous raconter, en quelque sorte, l'*histoire* qui a mené jusqu'à ce que vous pouvez contempler ici. Le récit de cette démarche éclairera cette œuvre, et jusqu'au titre même de cette exposition si particulière, cette phrase de Nietzsche que nous avons tous entendue, que nous portons tous en nous, nous autres épris du Beau, et que je voudrais faire résonner en vous d'une manière bien particulière : « Nous avons l'art, pour ne pas périr de la vérité. »

Après quoi, je devrai m'effacer devant l'œuvre et la laisser à son destin.

Et, de fait, il se tait. Mais pendant quelques secondes seulement. On entend encore quelques murmures dans la vaste pièce où tout le monde est rassemblé, mais progressivement ils s'espacent et s'amoindrissent. On en est maintenant à s'échanger des petits signes amicaux et complices, de loin, un sourire, un haussement de sourcils, un dandinement entre gens qui se connaissent et se reconnaissent, qui se parleront dès que le discours sera terminé. On commence à regarder la pointe effilée de ses escarpins de créateur, à croiser les bras, à déterminer des yeux le point du plafond sur lequel fixer sa concentration.

Lorsqu'il y a plusieurs années j'ai fait l'acquisition de cet appartement, j'étais loin de soupçonner le bouleversement qu'allait produire dans ma vie cet événement, au point qu'aujourd'hui même j'ai du mal à imaginer ce qu'aurait été mon art sans ce fait si anodin, dans quelle impasse, répétition ou déclin il aurait irrémédiablement sombré. Car, je ne vous le cacherai pas, j'étais parvenu à un moment de doute et peut-être même de stérilité, comme il est bien connu que tous les grands artistes en connaissent, un jour ou l'autre. Le triomphe de ma dernière exposition à Genève a sans doute eu cet effet paradoxal. Mais qu'est-ce qu'un artiste sans cette perpétuelle remise en question, n'est-ce pas ? L'insatisfaction, la frustration, le doute, l'angoisse. Ce péril, n'est-ce pas notre condition ?

Cette femme, là, au premier rang, qui hoche la tête d'un air grave, d'une cinquantaine d'années, c'est Olga. La fameuse Olga, celle du *Diptyque inverse*, celle d'*Olga 1 à 18*. Le ministre paraît plus grand que les autres. Ça doit être la fonction.

Oui, le péril. Mais « là où il y a danger, là aussi croît ce qui sauve ». Ah, Hölderlin. N'ont-ils pas douté, les Titien, les Pollock, les Mondrian ? Et pour un artiste véritable, le succès ne rassure jamais. Or, on a beau se dire que c'est là le passage obligé du génie, comment savoir si nous en sortirons un jour, si nous n'avons pas cessé, une fois pour toutes, de dire ce que nous avons à dire ? Quel secours pouvons-nous espérer alors ? C'est la grande solitude de l'artiste. Et quel sentiment atroce, alors, de savoir que son œuvre, même reconnue, même adulée, est derrière soi. Tout de même, se dit-on, je ne suis pas si âgé, je peux encore tenir un pinceau.

On se regarde en souriant. Cette franchise, tout de même, cette émouvante franchise. L'apanage des grands artistes.

Je cherchais à m'isoler, à me retrouver, à retrouver la source créatrice en moi. C'est la raison pour laquelle j'ai abandonné mon atelier pour m'installer ici. Je sais que cette décision en a surpris plus d'un, à Paris et ailleurs. Peut-être même vous a-t-elle inquiétés, vous, mes amis si fidèles. Et vous aviez raison : il y avait vraiment de quoi s'inquiéter.

Le serveur, derrière le buffet, ne sait pas très bien comment se tenir. Il redispose cent fois les coupes vides sur la table, réajuste inutilement les plateaux.

Olga, ma chère Olga, de quelle patience et de quelle compréhension tu as fait preuve. Et vous tous aussi, mes chers amis, vous tous dont je connais l'affection sans faille. Je me suis retiré dans cet antre, dans cette caverne où doit un jour se retirer l'artiste pour méditer seul sur la fin de son art — où il doit affronter seul ses démons, interroger directement les dieux, se dépouiller, oublier sa propre gloire et se trouver nu, comme un enfant, devant la toile de nouveau vierge. Qui n'est pas passé par cette retraite forcée, celui-là ne mérite pas le nom d'artiste, voilà ce qu'il faut clamer haut et fort. Aussi, ce que je vais vous exposer brièvement ne relève-t-il pas tout à fait de l'anecdote. C'est pour moi la description d'un chemin à la fois singulier et exemplaire. Comme Van Gogh, par exemple, a eu tragiquement le sien. Oui, je pense à ce merveilleux tableau, malheureusement disparu, du peintre sur la route de Saint-Rémy, écrasé par le soleil de Provence, cette exacte, cette vraie représentation de l'artiste en chemin. Mon chemin à moi m'a mené ici, dans les alentours de la gare du Nord, près de ces voies ferrées qui mènent vers des destinations lointaines,

Lille, Londres, Amsterdam, Bruxelles, Bruges, La Courneuve (par le RER B)

des destinations d'ailleurs, comme vous ne pouvez manquer d'y penser, qui mènent, et ce n'est pas un hasard, vers les maîtres du Nord, les Memling, Van Eyck, Rembrandt, Van Gogh encore, Mondrian. J'ai pris cet appartement un peu par hasard. Mais y a-t-il vraiment de hasard, lorsqu'on est à la recherche de son art ? La contingence reste-t-elle contingence ? L'art en chemin ne brise-t-il pas la contradiction logique entre contingence et nécessité ? Mais c'est une autre histoire, me direz-vous. En réalité non, c'est la même, celle que je vous raconte aujourd'hui.

Il y en a un, dans l'assistance, dont les chaussures neuves ne cessent de craquer. Il faut dire que le parquet n'est plus tout jeune, il paraît même un peu instable. C'est la proximité des voies ferrées qui mine l'immeuble. De temps en temps, le passage des trains fait vibrer tout l'appartement, sans parvenir à couvrir cependant, Dieu merci, la voix de l'orateur. Mais le garçon du buffet n'aurait pas dû rapprocher autant les coupes sur la nappe : elles s'entrechoquent à chaque passage.

Ainsi, sans le savoir — mais peut-être *quelque chose* en moi le savait-il mieux que moi —, je me dirigeais vers mon art. Un premier élément, d'abord, peut-être insignifiant. Vous ne le savez peut-être pas, mais cet appartement, dans lequel nous nous trouvons aujourd'hui, a eu avant moi une histoire assez singulière, même si je ne la connais que très vaguement. Il a été occupé — je ne l'ai su que plus tard — par ce présentateur télévisuel dont la disparition subite, je ne sais pas si vous vous en souvenez, a fait un peu causer pendant quelque temps. Je n'ai plus aucune idée de son nom, mais peut-être voyez-vous de qui je veux parler, un présentateur d'émission culturelle, quelque chose comme ça. Vous me direz : quel rapport ? Mais ce fait parfaitement insignifiant mérite d'être mentionné dans la mesure où *tout* ce qui touche à cet appartement, un peu grâce à moi, j'ai l'immodestie de le croire, revêt désormais une certaine importance. Je veux dire que, comme vous l'aurez bientôt compris, ce qu'il y a *dans* cet appartement a acquis une certaine dignité, et donc également son histoire. C'est la raison pour laquelle je me permets de faire allusion en passant à ce fait très anecdotique par ailleurs : c'est ici qu'a eu lieu cette *disparition*. Mais rassurez-vous, cet appartement n'est pas hanté.

Là, on rit franchement. Cet humour, presque légendaire déjà. La libre parole d'un génie, voilà tout, si loin de nous par son talent, mais qui sait se mettre à notre portée et qui a des manières si simples, si familières. Une belle leçon.

Ou peut-être, si, est-il hanté. Peut-être y a-t-il plus de présence qu'on ne pourrait le croire au premier abord.

On s'interroge du coin de l'œil. Que veut-il nous dire ? Mystère. On attend.

J'en viens au cœur du sujet. Un artiste est toujours trop long et trop maladroit, lorsqu'il parle de son art. Les autres en parlent bien mieux que lui. Oui, je pense à toi notamment, Robert, dont la biographie, sur moi et mon œuvre, est connue et appréciée de tous à juste titre.

On se tourne vers Robert. Il fait un petit signe familier. Il sourit, regarde ses chaussures.

Je m'installe donc avec mes pinceaux, mes instruments, dans cet appartement, sans trop savoir ce que j'y fais, ni ce que je pourrais y faire. Peut-être est-ce simplement un temps de *vacance*, où l'esprit de l'artiste doit se reposer et se concentrer à la fois, où il doit laisser être le monde autour de lui, avant qu'il ne recommence à s'en emparer — moment de vide, peut-être, mais peut-être aussi de travail souterrain, d'imprégnation ou de gestation, attente du mouvement qui va tracer une nouvelle découpe dans le monde. Je passe ainsi des journées à ne rien faire, feuillette des catalogues, mais le moins possible et comme rêveusement, laisse mon esprit vaquer. Je m'abonne à *Elle*. Je m'occupe de tâches tout à fait anodines, un homme comme les autres, qui va faire ses courses comme les autres à l'épicerie du coin, chez M. Khader (c'est le nom de l'épicier, un homme simple, plein d'humanité), qui discute avec ses voisins, prend des nouvelles du chien du voisin (assez singulier, par ailleurs), échange des propos sur le temps avec la vieille dame d'en face, qui se brosse les dents — oui, il ne faut pas hésiter à mentionner ces trivialités —, qui laisse son corps dans la routine de ses organes — car le corps de l'artiste est aussi son instrument fondamental, il ne faut pas l'oublier : le peintre *apporte son corps*, dit Merleau-Ponty. Un homme qui regarde par la fenêtre pour voir le temps qu'il fait. *Qui regarde par la fenêtre.*

Il suspend son discours. Son regard, soudain, se perd au-dessus de l'assistance, comme s'il attendait le passage d'un nouveau train. Mais non, rien ne passe. Son regard, on le voit, contemple la grande idée dont il va nous faire part. Il pose de nouveau son regard sur l'assistance figée. Il va parler.

Oui, qui regarde par la fenêtre. Et que voit-il ?

L'assistance pressent une révélation. Elle s'interroge, elle aussi : oui, que voit-il ? Tout se joue là, c'est sûr. C'est le moment. Que cela soit dit.

J'étais là, un matin, je m'en souviens comme si c'était hier. Mais d'ailleurs, ce n'était pas hier, en réalité, c'est encore *aujourd'hui*. Un présent absolu. Un toujours-aujourd'hui, voyez-vous. Je regarde par la fenêtre, je me tiens exactement à la place que j'occupe en ce moment, et je vois, je découvre, là, en face de ma fenêtre, sur ce toit dont les teintes nous rappellent tous, c'est certain, quelques-unes des plus belles matières impressionnistes, ou bien même la palette d'un Music, sur ce toit, en face : *cette chaussure*. Cette chaussure, là, dans sa banalité, dans son insignifiance, dans la contingence absolue de son être-là, dans son indifférence, pour tout dire, à l'égard de l'artiste qui la voit et maintenant la contemple.

Alors quelque chose se fait. Oui, quelque chose se produit, à partir de cette insignifiance même, un événement dans le non-événement de cette présence.

Cette phrase formidable — *un événement dans le non-événement* — apparaît dans la présentation de son dernier catalogue raisonné. Elle a d'ailleurs été l'objet d'une communication récente, lors d'un colloque à Los Angeles.

Depuis Hegel, chacun le sait, il n'est plus possible d'envisager l'art sans penser sa mort. Tous les développements philosophiques, toutes les spéculations, si éloignées et diverses que peuvent paraître leurs thématiques, parlent *autour* de cette mort. C'est un fait certain. Pour parodier Valéry, nous savons désormais que l'art est mortel. Et l'artiste lui-même, dans son geste, dans sa création, ne peut éviter de se confronter à cette idée. Il pense et crée *à partir d'elle*, c'est évident. Or, lui opposer simplement le terme de vérité, vérité de l'art contre mort de l'art, simplement ou de façon aussi sophistiquée que possible, ne suffit pas pour conjurer la *sentence* (dans tous les sens du terme) de Hegel (qui d'ailleurs les avait déjà lui-même associés), le spectre de la mort de l'art. Vous le savez, j'ai maintes fois soutenu cette forte thèse. Or il s'avère que du non-événement événementiel dont je vous parle a surgi la solution. Rappelez-vous : « Là où il y a danger », dit Hölderlin, « là aussi croît ce qui sauve ». Nous sommes peut-être sauvés.

Le garçon du buffet s'est résigné à croiser les mains derrière le dos.

J'empoigne mon carnet, mes crayons. Je croque la chaussure, une fois, deux fois, je varie les angles, puis je décide au contraire de ne plus changer de position. Je la croque ainsi dix fois, vingt fois — ce sont les dessins que vous avez pu apercevoir dans l'entrée de cet appartement, qui portent le titre *Non-événement I à XXIV*. Peut-on parler d'échec ? Je ne le crois pas. Je ne me serais pas permis, sinon, d'exposer ces dessins qui portent la vérité en gestation. Mais l'insatisfaction demeure, elle s'aiguise même. Quelque chose veut se dire dans cette chaussure que je tente de cerner, de révéler, de découper à même le réel, cherchant à approcher l'*élément esthétique*. Période de doute, de fourvoiement aussi, car il faut ouvrir des pistes qui peut-être ne mèneront nulle part. Mais ce nulle part, c'est aussi quelque chose, n'est-ce pas ? Je redécouvre les maladresses du débutant, je *suis* un débutant, je n'ai pas peur de l'avouer, devant cette chaussure. Fausses questions, fausses solutions, fausses pistes, comme celle qui consiste par exemple à varier le matériau, la méthode, l'instrument : me voilà au fusain, à l'encre, à la sanguine. Cela vous fera sans doute sourire, mais je n'ai pas honte de l'avouer : j'ai même tenté l'aquarelle.

La chaussure a mis mon art à nu. Or, dans cette recherche tous azimuts des conditions de la représentation, je fais quelque chose que jusqu'à présent je n'avais jamais tenté de faire — car j'atteins la limite. *Je prends des photos.* Oui, je le sais, quelle décision. Je prends des photos, la série qui couvre les deux murs de ma chambre, là, à côté, que vous pourrez voir tout à l'heure. J'imagine ce que vous pensez, je lis dans vos regards l'inquiétude, la tristesse peut-être, peut-être même la déception. N'est-ce pas l'échec de ma peinture ? L'échec, signifié crûment par le fait de prendre l'appareil photographique ? Instant vertigineux.

Un frisson parcourt l'assemblée. Audace ? Régression ? On n'ose y croire. Péril majeur en tout cas. Et surtout, se dit-on en même temps, quel courage d'affronter cette expérience limite, cette épreuve. Épreuve = Épreuve photographique — tiens, rien n'est un hasard.

Tel est le Péril, le Grand Péril, que j'ai ainsi exposé dans ma chambre (d'où le titre : *Péril I à LXV*). Il n'est plus un matin désormais que je ne me réveille sans contempler ce péril. L'abîme est là, la chaussure dans la photographie, la mort de l'art qui se dévoile dans un autre art. Tous les matins, je dois l'*envisager*, comme le stoïque, tous les jours, doit envisager sa propre mort. Solitude absolue de l'artiste. Vous ne regarderez pas ces photographies sans effroi, je le sais. Je les livre à votre sensibilité et ce sera indéniablement un choc difficile à affronter, pour qui comprend l'art, pour qui sait ce qui s'y joue.

Alors, je prends mes toiles, tremblant, avec la sensation de côtoyer l'abîme. Je suis Van Gogh sur le chemin, ce soleil écrasant, mais aussi ce bas-côté obscur, noir, vertigineux dans la retranscription qu'a faite Bacon de ce fameux tableau perdu. Il faut que l'art vive, qu'il survive à cette épreuve. Sa vérité doit dialectiquement en passer par là. Ces peintures, vous les voyez ici. Elles constituent un ensemble organique, dynamisé par la quête, par la question, qui peut paraître banale au premier abord, mais qui en réalité interroge le *tout* de l'art : POURQUOI CETTE CHAUSSURE ? Et pourquoi cette chaussure, *là*? Autrement dit : quelle est la VÉRITÉ de cette chaussure ? Voilà ce que doit dire l'art. Voilà la tâche.

Alors surgit, inévitable, incontournable, un tableau : *Les souliers* de Van Gogh, évidemment, l'écrasante vérité de ce tableau. Et, corrélativement, l'illustre commentaire qu'en donne Heidegger. Faut-il refaire ce tableau, signifier de nouveau (mais comment ?) la vérité des chaussures ? Mais un problème se pose, *le* problème, qui m'occupe pendant des semaines, des mois. Car ici, ce n'est pas une paire de souliers, comme chez Van Gogh, il n'y a qu'*une* chaussure, et, constatation effrayante qui rend le problème plus dramatique encore : elle n'est pas sur un fond indéterminé (même d'une intensité presque insoutenable) comme chez Van Gogh, mais *sur un toit*. Tout est changé. Une paire de chaussures, ça veut dire quelque chose ; dans leur utilité prosaïque, elles signifient quelque chose. Mais une chaussure sur un toit, *ça ne veut rien dire*, ça ne veut rien dire du tout, ça ne signifie *rien*. Effrayante nudité de son être-là-sur-le-toit, obstination que cette présence oppose à toute explication, dépouillement radical de toute signification : sans utilité, sans fonction, sans sens, sans lien, même, avec la Terre (elle est sur un toit), avec le Sol originel qui caractérise la chaussure dans son essence. Dès lors, il ne faut pas montrer ce qui est, mais, au contraire, *montrer ce qui n'est pas*, ce vide de sens.

Un silence de mort plane sur l'assistance. C'est comme si les trains eux-mêmes avaient brusquement interrompu leur passage et attendaient, retenant leur impulsion, dans la gare ou sur les voies venant du nord, que la voix du maître les délivre enfin de leur pétrification, les remette en marche par la révélation ultime. Or la voilà.

Mesdames, Messieurs, Monsieur le ministre, Monsieur le préfet, Madame la commissaire, voilà ce que je vous propose d'affronter ici : rien d'autre que ce vide, ce dépassement radical qui tue et revivifie l'art — la vérité de cette chaussure. Comment ? Par un geste ultime, celui du dépouillement, du renoncement, l'équivalent de l'agenouillement du croyant. J'ai compris que je m'étais trompé de question. Nous nous trompons tous de question. La vérité ne se tient pas dans la réponse à ce *pourquoi* que j'opposais désespérément, vainement, à coups de pinceau, à l'absence de sens. Si je désespérais de répondre à la question : pourquoi cette chaussure se trouve-t-elle là ? c'est qu'en réalité *il n'y a pas de pourquoi*. « La rose est sans pourquoi », dit Angelus Silesius cité par Heidegger, « elle fleurit parce qu'elle fleurit. »

Alors on peut parler, sérieusement, de la vérité de l'art. Il n'y a pas de raison à cette chaussure sur le toit — l'art doit le *montrer*. Faire donc que nous le *voyions*, faire donc que le spectateur soit dans la position même du créateur qui découvre par son art la nudité radicale des choses. Il faut que créateur et spectateur ainsi se confondent. Ces tableaux accrochés autour de vous ne sont là que pour vous mener jusqu'à ce point focal, là, très exactement, où je me trouve en ce moment, et que j'ai marqué d'une petite croix blanche sur le parquet. Voilà *tout* ce que j'ai fait, finalement : tracer cette petite croix blanche ici, sur ce parquet, dans cet appartement, pour signaler la position depuis laquelle je vois la chaussure, où elle se *montre en vérité*.

Voilà donc mon *tableau* : cette fenêtre elle-même qui donne sur la chaussure. C'est pourquoi, en plus de la petite croix blanche, je n'ai fait qu'encadrer finement la fenêtre qui donne sur le toit et la chaussure. Telle est mon œuvre et sa vérité. Et encore, précisément pour ne pas accentuer l'artifice, pour ne pas symboliser trop grossièrement le cadre d'un tableau, n'ai-je utilisé qu'un de ces rubans adhésifs qu'on emploie pour couvrir les surfaces à épargner lorsque l'on repeint son appartement. Il vient du Monoprix, j'ai laissé la marque dessus. Ainsi dirait-on qu'on vient juste de repeindre les montants de la fenêtre (ce que je *n'*ai *pas* fait, évidemment).

Il est donc temps de vous laisser devant cette fenêtre, dans cet appartement qui devient désormais, et grâce au concours du ministère de la Culture qui vient de l'acheter, une œuvre d'art intégrale. La mort de l'art y est dépassée.

Dernière précision technique. Je continue naturellement à vivre dans cet appartement, mais je le ferai visiter sur rendez-vous. Il suffit de se renseigner auprès du ministère de la Culture ou des Services culturels de la Ville de Paris. Le prix de la visite sera modique.

Monsieur le ministre, Monsieur le préfet, Madame la commissaire de l'exposition, mes chers amis, je n'ai désormais plus qu'à me taire. *Je vous laisse à l'œuvre.*

Cette dernière pointe est évidemment du plus bel effet. C'est une véritable ovation.

Lorsque l'artiste a eu fini son discours, la masse des invités s'est divisée en deux parties à peu près égales, la première pour le congratuler, tandis que la seconde effectuait un mouvement rapide vers le buffet. Les détonations des bouteilles de champagne ont éclaté dans l'appartement, les noms de Heidegger et de Van Gogh circulaient un peu partout.

Quant à moi, je me suis dirigé vers cette fenêtre d'où l'on pouvait contempler à loisir cette chaussure si décisive pour l'histoire de l'art, me réjouissant d'être parmi les privilégiés qui auront eu l'occasion unique de la voir gratuitement.

Au bout de quelques instants, j'ai perçu à côté de moi la présence d'un jeune homme, la trentaine, élégant. Il avait allumé une cigarette et regardait d'un air méditatif dans la même direction que moi, à savoir vers cette chaussure dont tout le monde désormais, à part nous deux, se désintéressait complètement, puisqu'il y avait l'artiste à saluer et le buffet à saccager.

Il tenait sa cigarette d'une manière très affectée et exhalait la fumée avec une lenteur calculée. Il savait que je le regardais à la dérobée. Après quelques minutes de silence et sans tourner la tête, il a déclaré : ce type se trompe complètement. Puis il a laissé passer quelques minutes de silence.

J'étais en train de me demander si j'allais congratuler l'artiste ou si je devais m'occuper préalablement des provisions de bouche, lorsqu'il a repris : ce n'est pas là que gît la vérité de la chaussure, évidemment. Il disait cela en gardant les yeux fixés sur cette chaussure qui, dans l'indifférence générale, paraissait plus isolée que jamais. Il se trompe complètement. Si l'on voulait dire la vérité de cette chaussure, il faudrait s'y prendre autrement. Et comment faudrait-il s'y prendre ? me suis-je risqué à lui demander. Mais faire l'inverse, bien sûr, m'a-t-il dit avec un sourire condescendant : non pas abolir le principe de raison, mais le *saturer*, c'est évident. Le saturer ? J'ai dû avoir l'air d'un demeuré, parce qu'il a précisé : ne pas fuir l'explication, fournir *toute* l'explication, toutes les explications possibles. Il a aspiré lentement une nouvelle bouffée. Je me suis dit : je devrais me mettre à fumer comme ça, ça fait aristocratique. Par exemple, il faudrait écrire tous les récits possibles qui pourraient expliquer sa présence sur ce toit et aussi les effets que cette présence produit. C'est ça : *saturer l'explication.* D'ailleurs pourquoi ne pas inclure dans ces récits celui de cette grotesque mascarade, de cette monumentale erreur, à laquelle nous venons d'assister ? J'ai pris l'air de celui qui comprend.

Et puis j'ai regardé ma montre et je me suis dit : M. Khader va bientôt fermer, je dois me dépêcher d'aller acheter les boîtes pour Cerbère, sinon cette saleté de chat va encore nous rendre la vie impossible. J'ai donc décidé que le buffet serait ma seule destination.

Par ailleurs, que je sache, je n'ai pas eu vent que quelqu'un, depuis, ait jamais produit le livre à venir, même partiellement, qu'évoquait ce jeune prétentieux.

10

Épilogue :
Le saut de l'ange

(La vérité sur cette histoire)

D'ici à ce que j'atteigne le sol, il va se passer quoi ? Une seconde, deux secondes ? C'est ce que je me suis dit : même pas le temps d'avoir peur. C'est seulement maintenant que j'ai peur, c'est tout, et encore. Heureusement, il fait nuit. Je ne sais pas pourquoi : ça me rassure. Tout le monde dort.

Enfin, presque tout le monde. Il y a cette petite fille, à la fenêtre, qui me regarde, dans son pyjama. Je ne sais pas ce qu'elle fait là, éveillée si tard, à se tenir debout contre la fenêtre, à me regarder pendant que tous les autres dorment. Je lui souris. J'aime bien qu'elle soit mon seul témoin. Elle croira avoir rêvé. Tu es si jolie, ai-je pensé, si jolie dans ton pyjama, le front collé à la fenêtre. La grâce est sur toi, ça se voit.

Allez, il faut bien le faire. Je ne vais pas rester ici toute la nuit. Je ne suis pas là pour jouer les oiseaux nocturnes. Il faut que tu retournes te coucher, petite enfant. Ne t'inquiète de rien. Moi, il faut que je fasse ce que j'ai à faire, mais sache-le bien : je ne le fais pas que pour moi. Il y a quelque chose qui vous concerne tous. Je ne me tiens pas sans raison au bord du vide.

Mais bon Dieu, ça me fout un peu la trouille, tout de même. J'aperçois les voies de chemin de fer, tout en bas. Ça fait haut. J'aurais dû me soûler à mort, je ne me serais rendu compte de rien. Quand on n'a pas de courage, ça aide. À quoi est-ce qu'il faut penser, dans ces moments-là ? Est-ce qu'il faut vraiment s'imaginer qu'on va s'envoler ? Qu'au dernier moment une main puissante va vous arracher miraculeusement à la pesanteur et va vous reposer où vous étiez ? Il faudrait être sacrément bourré. Avoir fumé je ne sais quoi. C'est vrai, ça : il y en a, dans ces moments-là, qui passent par la fenêtre en croyant qu'ils sont des oiseaux. Ridicule : non seulement tu te tues, mais en plus tu t'es trompé. Et s'il y a un Dieu, là-haut (je me demande, lui, comment il fait pour rester en l'air), il doit t'accueillir avec un petit sourire en coin : alors ? on joue les filles de l'air ? On se prend pour un flamant rose ? On a oublié ses ailes ? Grotesque. De toute façon, moi, avec tout ce que je porte sur les épaules, aucune chance que j'échappe à la loi de la gravité.

Je me demande à quoi je vais ressembler, une fois en bas. Comment seront disposés mes bras,

240

mes jambes (la tête, il vaut mieux ne pas y penser). Sur quoi je vais tomber, aussi.

Allez, un peu de courage, me suis-je dit. Allez, ça va se faire très vite, comme on dit chez le dentiste. Je suis là, hop, je suis plus là. Deux secondes, pas plus.

Peut-être que j'aurais dû laisser un mot, me suis-je dit.

Mais non, pour dire quoi ? Ça gâcherait tout. Je ne veux plus vivre ? Ridicule : ça ne manque pas, les gens qui ne veulent plus vivre, ils ne se balancent pas d'un toit pour autant. Et puis après, les jugements : tout de même, ce n'était pas une raison, avec un petit effort quand même. Les gens malheureux, ça ne manque pas. Est-ce que je suis malheureux, d'ailleurs ? La vie a toujours quelques petits inconvénients, comme celui d'être toujours seul, par exemple. Mais bon, est-ce qu'il faut vraiment en faire un drame ?

En fait : *oui*. Oui, voilà ce que je me suis dit : il faut en faire un drame — et je suis là pour ça. Peut-être un drame tragi-comique, si on veut, et c'est ça que je vais représenter, en faisant le saut de l'ange. D'ailleurs, il y a peut-être quelque chose de *comique* à se balancer d'un toit. Peut-être même une preuve d'humour ou d'ironie. Pas de quoi rire à gorge déployée, bien sûr, mais quand même, de quoi faire sourire — un petit *élément comique*. Évidemment, là, à l'instant présent, j'ai un peu de mal à l'imaginer, cet élément comique, mais je ne crois pas être très loin de la vérité. Rien que ça, déjà : s'acharner à *monter* pour *redescendre* au plus vite, c'est plutôt comique. Cela dit, il y a des imbéciles pour en faire leur métier, les skieurs par exemple. Moi, je trouve ça assez comique. Mais peut-être que ça correspond aussi à quelque chose de plus profond, quelque chose comme un aveu de modestie, un aveu archaïque qui combat la tentation de l'*hybris*, de s'élever trop haut. Je ne sais pas. Pourtant, une fois qu'on est sur les cimes, pourquoi descendre ?

Mais je ne suis pas là pour en discuter. Je suis là pour autre chose.

Je suis là pour pleurer sur le monde.

Dans quelques heures, il va faire jour, le monde va renaître et je veux pleurer sur lui. Je veux baigner ce monde de ma compassion et donner à ceux qui se réveilleront ce matin, dans la solitude froide, un peu de ma tendresse. *Je veux me sacrifier pour eux.* Ils en ont tellement besoin. Cette nuit, je pleure sur vous tous, cachés dans les replis de votre solitude. Le théâtre du monde est fermé, vous êtes rentrés chez vous, les loges sont éteintes, mais je veille et je pleure sur vous. Je voudrais que mes larmes adoucissent vos visages qui, sous l'apparente sérénité du sommeil, cachent leur misère et leur tristesse.

Je pleure aussi sur moi, naturellement. Ça, je

sais très bien le faire, je le fais même depuis un certain temps. C'est ce que m'a dit mon dernier ami, avant que je n'aie même plus *un seul* ami : tout ce que tu sais faire, c'est pleurer sur toi-même. (Ça a dû être une de ses dernières phrases.) Or maintenant je pleure aussi sur le monde entier — parce que j'ai été dévolu à cette tâche. C'est une tâche étrange, je le concède, que je ne peux moi-même m'expliquer qu'en repensant à cette phrase que j'ai lue quelque part, je ne sais plus où : « Il faut bien qu'un individu soit sacrifié par génération. » Pas de chance (pour moi, en tout cas) : c'est moi. Je ne sais plus d'ailleurs pourquoi il doit être sacrifié, selon cette opinion : qu'est-ce que ça peut bien faire à la génération, ce sacrifice ?

En un certain sens, le destin qui m'a été réservé est exceptionnel, bien que de très courte durée. On pourrait aisément s'en rendre compte en observant mon mode de vie ces derniers temps : j'ai pris sur mes épaules *toute* la solitude du monde, absolument toute. Comme si on en avait raclé la moindre miette dans les coins les plus reculés du globe pour l'ajouter à mon fardeau. Avec un tel poids, c'est sûr, je ne suis pas près de remonter et encore moins de m'envoler. Ce n'est pas le péché du monde, que je prends sur moi — ç'a déjà été fait, paraît-il. C'est sa solitude — à moins que ce ne soit cela, son péché. La question que je me pose alors, c'est : quelle est la Bonne Nouvelle que j'apporte en contrepartie ? Il doit bien y avoir une Bonne Nouvelle. Et là, je me perds en conjectures.

Enfin, je me perdais en conjectures, jusqu'à cette nuit où les choses me sont apparues enfin évidentes. C'est que je n'ai compris que tardivement quelle était cette curieuse vocation à laquelle j'étais voué. Et je l'ai comprise seulement petit à petit, jusqu'à ce que ça devienne évident : il ne pouvait pas y avoir *vraiment* de hasard à ce que je vivais, vu le caractère systématique de la chose. J'ai en effet assisté, presque impuissant, au dépeuplement complet de mon univers. On pourrait croire à de la malchance, à une funeste loi des séries. C'est vrai, ça existe, ce genre de lois : vous perdez votre travail, votre femme vous quitte, on vous découvre un cancer, vous vous faites braquer votre voiture achetée à crédit et finalement même les gosses finissent par vous donner des coups de pied en douce dans les tibias, quand vous faites les courses au supermarché avec le peu d'argent qu'il vous reste. Je ne dis pas que c'est un sort plus enviable que le mien : peut-être que *plusieurs* doivent être sacrifiés par génération — mais chaque fois dans des buts différents, alors.

Mais voir croître la solitude par une érosion continue et irréversible, connaissez-vous cela ? Voir progresser la gangrène du dépeuplement ?

ai-je dit à voix haute. Vous aviez tant d'amis, vous connaissiez tant de gens. Le monde était si familier, son aspect si accueillant, car il est hospitalier tant que vous pouvez justifier de quelques adresses, de quelques numéros de téléphone, de quelques additions au restaurant sur lesquelles sont inscrits plus d'un couvert — mais il se montre impitoyable, c'est-à-dire comme il est, à mesure que les additions se font plus rares ou qu'elles indiquent moins de convives, il montre son vrai visage et vous vous souvenez du texte sacré : « La face de cette génération sera la face d'un chien. »

Que vous m'ayez tous abandonné, ai-je dit, que vous ayez détourné de moi votre face, en définitive vous n'y pouvez peut-être rien, si cette face est la face de la génération. Mais quel poids, mon Dieu, quel poids. Qui faut-il donc être pour porter ce poids ? Car rien n'est plus lourd que celui de l'absence. Et pourquoi moi ? Pourquoi donc est-ce moi qui ai à assumer la solitude du monde entier ? Moi aussi, je voulais vivre, et je n'en avais pas moins le droit que vous. Quelle faute ai-je commise pour que tous détournent le regard de moi, pour voir disparaître un à un mes amis ? Les ai-je déçus ? Lassés ? Quelle maigre patience alors. Pourquoi m'avoir abandonné ? Aviez-vous donc tant d'autres choses à faire ? Mais moi, je vous aimais. Si vous saviez comme je vous ai aimés. Est-ce que je portais vraiment sur le visage la marque du sacrifice ? Je n'avais pas vocation d'anachorète. Et de m'avoir ainsi abandonné, cela vous a-t-il soulagés ?

Mais c'est maintenant, me suis-je dit en montant sur le toit, c'est maintenant que tout se joue. C'est maintenant qu'il faut entraîner avec moi, dans l'abîme, tout le poids de votre solitude, l'engloutir avec moi. Ne vous inquiétez plus, je ne remonterai pas. Je suis celui qui souffre de votre mal à tous, je l'ai pris sur moi. J'ai perdu tous mes amis et plus personne ne se soucie de moi. J'ai le visage de cette génération.

Il m'a fallu du temps avant que je ne grimpe sur ce toit. J'en ai passé des jours à regarder à la fenêtre. Je vous ai tous vus — enfants, vieilles dames solitaires, jeunes femmes désespérées, fous, amants délaissés, monomaniaques, caractères mélancoliques, amis trahis, artistes ridicules, et même un chien et un chat qui auraient eux aussi pu témoigner. Je vous ai vus et avec quelle compassion je vous ai regardés. Vous auriez pu être mes amis. J'ai pleuré sur vous autant que sur moi, ai-je dit en écartant les bras (parce qu'il me semblait, sur ce toit, que ce geste convenait à la situation). J'ai mis du temps à grimper sur ce toit, j'ai attendu d'avoir toute la solitude sur mes épaules, mais, ça y est, je suis là, ai-je dit à voix haute, je suis là.

Et je jure, vraiment, je le jure : j'étais prêt à faire ce sacrifice.

Mais j'ai eu un doute, au dernier moment. Et si ce sacrifice passait inaperçu ? Ce n'est pas tellement que je tienne absolument à la publicité de mon martyre, c'est plutôt une question d'efficacité. Je veux bien m'écraser au sol — mais si, contre toute attente, la peine remonte ? Ce n'est pas par lâcheté, je le jure, c'est par un souci d'efficacité. Comme je n'étais plus à une comparaison près, je me suis dit qu'il fallait bien un signe, au moins, un signe du sacrifice. Laisser une marque. Comme celui de la croix était déjà pris (et n'a d'ailleurs pas eu, comme on sait, l'efficacité escomptée), j'ai cherché autre chose. D'accord, l'imagination m'a un peu manqué, je le reconnais. Mais ceux qui trouvent ridicule la solution que j'ai choisi d'adopter n'ont qu'à, eux aussi, monter sur un toit et voir s'ils ont de meilleures idées. L'idée m'en est venue tout simplement parce que je fixais mes pieds au bord du vide depuis un moment : j'ai commencé à envisager mes chaussures sous un angle plus métaphysique. Et puis j'ai pensé que, finalement, le sacrifice de ma propre personne n'était peut-être pas aussi nécessaire que je le pensais. Que veux-tu, me suis-je demandé, que veux-tu vraiment ? Que, par toi, ils se débarrassent de leur solitude, ou bien qu'ils la détournent, qu'ils s'en *divertissent* ?

Il faut aussi intégrer les paramètres de l'époque. On n'est plus à l'époque du Christ, après tout. Plutôt à celle de la rationalité économique : petite dépense, grand profit. Sacrifier une vie, même la mienne qui ne vaut pourtant pas grand-chose, il y a peut-être du gâchis là-dedans. On pourrait peut-être sacrifier des choses plus insignifiantes pour le même profit — et avec une plus grande efficacité. Veux-tu les divertir de leur solitude, ou du moins qu'ils puissent la nommer ? Les gens sont bien futiles après tout, un rien décide de leur humeur, un rien décide de leur salut : un rien peut alors détourner leur attention de la souffrance et la fixer autre part. Il faut simplement leur donner un objet et ils y déposeront tout le malheur et le ridicule du monde. Et dans le genre ridicule, une chaussure peut très bien faire l'affaire. Dans cette époque, ai-je dit à voix haute, le sacrifice d'une chaussure vaut bien le sacrifice d'une vie, n'est-ce pas ? Autant rentrer chez moi.

J'ai dénoué ma chaussure et je l'ai posée sur le rebord de la gouttière pour que la trace reste, pour que le signe soit là, pour qu'ils sachent, tous, que quelqu'un, cette nuit, avait veillé sur eux et qu'il en était ainsi tous les jours, pour que, en se réveillant le matin et en la découvrant, ils puissent inventer toutes les histoires qu'ils voudraient afin de se divertir de leur solitude, afin de se convaincre — au moins pour un temps —, par les histoires qu'ils auraient inventées, qu'ils n'étaient pas si seuls, afin qu'au moins, dans ces histoires, ils puissent en parler.

J'allais rentrer chez moi, lorsqu'une fenêtre s'est brusquement ouverte et une voix tonitruante a hurlé : c'est pas bientôt fini, tout ce bordel sur le toit ?

Je ne m'y attendais vraiment pas, à ce hurlement. C'est vrai : je ne croyais pas parler si fort, je pensais que tout le monde dormait profondément. J'ai bondi de peur, j'ai dérapé et, comme un imbécile, je suis tombé du toit. Et c'est bien l'histoire la plus stupide que j'aurais à raconter, si j'étais encore vivant*.

* Pour décevante qu'elle soit, si cette explication est l'explication véritable, je voudrais juste poser une question : franchement, comment se fait-il qu'on n'ait pas retrouvé le corps ? (N.d.A.)

Ce livre a été achevé à la villa Marguerite-Yourcenar, au Mont-Noir. Que toute l'équipe de la villa soit ici remerciée.

DU MÊME AUTEUR

Aux Éditions Gallimard

À LA PORTE, *roman*, 2004

CE QUI EST PERDU, *roman*, 2006 (Folio nº 4941)

LA CHAUSSURE SUR LE TOIT, *roman*, 2007 (Folio nº 4853)

TOMBEAU D'ACHILLE, coll. «L'Un et l'autre», *essai*, 2008

Chez d'autres éditeurs

RETOUR À BRUXELLES, *récit*, Actes Sud, 2003

LA PREUVE DE L'EXISTENCE DE DIEU, *monologues*, Actes Sud, 2004

SINGULIÈRE PHILOSOPHIE. ESSAI SUR KIERKE-GAARD, *essai*, Éditions du Félin, 2006

Composition Graphic Hainaut.
Impression Maury-Imprimeur
45330 Malesherbes
le 14 octobre 2009.
Dépôt légal : octobre 2009.
1ᵉʳ dépôt légal dans la collection : janvier 2009.
Numéro d'imprimeur : 150647.

ISBN 978-2-07-036579-1. / Imprimé en France.